ウェイサイド・スクールはきょうもへんてこ

ルイス・サッカー・作
野《の》水《み》生《お》・訳
きたむらさとし・絵

ウェイサイド・スクールはきょうもへんてこ

Japanese edition published by
Kaisei-sha Publishing Co., Ltd., 2010

もくじ

B 6-2: T

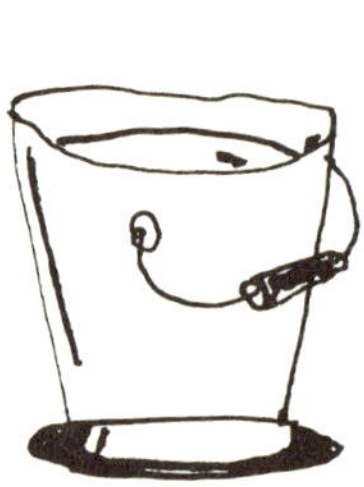

ロバート・J・サッカーの思い出と、
母、アンディ、ジェフに、ささげる。

INTRODUCTION

はじめに

WAYSIDE SCHOOL

この物語は、三十編《ぺん》の短い話でできている。登場《とうじょう》するのは、ウェイサイド・スクールの子どもたちと先生たちだ。お話に入るまえに、頭がこんぐらからないよう、ひとつだけ伝《つた》えておきたいことがある。

ウェイサイド・スクールは、どういう手ちがいからなのか、九十度ひっくりかえって建《た》てられた。

ほんとうは、平屋建《ひらやだ》てで、三十の教室が横一列にずらりとならぶはずだった。ところが、いざ建ってみれば、ひとつの階に一教室の、三十階建て校舎《こうしゃ》になった。建てた人は、平《ひら》あやまりにあやまった。

でも、ウェイサイドの子どもたちは、背高《せいたか》のっぽの校舎《こうしゃ》になってよろこんでいる。垂直《すいちょく》に建《た》ったおかげで、校庭がぐーんとひろくなったからね。

活躍《かつやく》するのは、最上階《さいじょうかい》のクラスの子らと先生たち。風変《ふうが》わりな小学校、その三十階を舞台《ぶたい》にした連作《れんさく》小ばなし三十話、というわけだ。

「へんてこりんなバカばなし!」と言う人たちもおおぜいいる。

そのとおりかもしれないな。でも、このあいだ、きみらの学校生活をウェイサイドの子どもたちにちょっと話して聞かせたら、

「へんちくりんな子たちだね!」と言っていた。それもまた、そのとおりかもしれないよ。

WAYSIDE SCHOOL

Mrs. Gorf
1 ミセス・ゴーフ
30
29
28
27
26
25
24
23
22
21
20
18
17
16
15
14
13
12
11
10
9
8
7
6
5
4
3
2

ミセス・ゴーフは、べろが長くて、耳がぴんとおっ立っている。ウェイサイド・スクール一の、いやーな先生。〈三十階クラス〉の担任《たんにん》だ。

「言っとくけどね、あんたたち」ミセス・ゴーフは教壇《きょうだん》から子どもたちを見わたした。「さわいだり答えをまちがえたりしてごらん。ただじゃおかない。このとんがり耳をぴくっとさせて、舌《した》をべーっと突《つ》きだして、片《かた》っぱしからリンゴに変《か》えてやるからね！」

ミセス・ゴーフは子ども嫌《ぎら》いだ。そしてリンゴが大好《だいす》きだった。

ジョーの苦手《にがて》は足し算だ。そもそも数がかぞえられない。けれども、答えをまちがえたらミセス・ゴーフにリンゴにされる。それで、テストはジョンにたよって、いつも答えを丸写しだ。ずるをするのはいやだけど、どうやって足し算するのか、ミセス・ゴーフに質問《しつもん》したって教えてなんかもらえない。

ところがある日、ジョンの答えを写していたら、ミセス・ゴーフに見つかった。とんがり耳がぴくぴくっ。まずは右耳、おつぎは左。それから舌がべーっと突きでて、ジョーはたちまちリンゴにされた。つづいてジョンもリンゴにされた。テストの答えを写させてやった罰《ばつ》だった。

「ひどいよ、先生」トッドが抗議《こうぎ》の声をあげた。「ジョンは、ともだちがこまってたから助けようとしただけなのに」

とんがり耳がぴくぴくっ。まずは右耳、おつぎは左。それから舌《した》がべーっと突《つ》きでて、トッドもたちまちリンゴにされた。

「ほかに言いたいことのある人は？」ミセス・ゴーフはみんなの顔を見まわした。

教室は静《しず》まりかえった。

ミセス・ゴーフはフハハと笑《わら》って、教壇《きょうだん》の机《つくえ》の上にリンゴをならべた。ひとつ、ふたつ、みっつ。

スティーヴンが泣《な》きだした。あんまりこわくて、泣かないではいられなかった。

「教室でびぇーびぇー泣かない！」ミセス・ゴーフの声が飛《と》ぶ。とんがり耳がぴくぴくっ。まずは右耳、おつぎは左。それから舌がべーっと突きでて、

スティーヴンもリンゴにされた。

それからずっと、子どもたちはしんと口をつぐんでいた。放課後《ほうかご》、家に帰ってからも、こわくてこわくて、学校でなにがあったか、父さんにも言えなかった、母さんにも言えなかった。

ジョー、ジョン、トッド、スティーヴンは、もちろん、家には帰れない。教壇《きょうだん》の机《つくえ》の上に置《お》き去《ざ》りだ。リンゴにされても口はきけた。きけたけれども、こんな姿《すがた》になってしまって、なにを話していいのやら。

ジョーたち四人の両親も、うちの子はどうして帰ってこないのかしらと、おろおろしていた。いったいどこへ行っちゃったの？　でも、だれに訊《き》いても、さあ、と首をかしげるばかり。

そして、あくる日――。

キャシーが授業《じゅぎょう》に遅《おく》れてきた。教室に入ったとたん、ミセス・ゴーフにリンゴにされた。

授業中、ポールが一発くしゃみをした。ポールもたちまちリンゴにされた。

「おだいじに」と、ポールに言ったナンシーも、すぐさまリンゴにされてしまった。テレンスが、たまげて椅子《いす》からころげ落ちた。テレンスもリンゴにされた。

モーレシアが、逃《に》げようとしてドアのほうへかけだした。が、半分も行かないところで、ミセス・ゴーフの右の耳がまずはぴくっ。ようやくドアへたどりついたら、こんどは左の耳がぴくっ。ドアをあけて廊下《ろうか》に片足《かたあし》出したところで、舌《した》がべーっ。モーレシアもリンゴにされた。

ミセス・ゴーフは床《ゆか》のリンゴを拾いあげ、教壇《きょうだん》の机《つくえ》の上に、ほかの八つとならべて置《お》いた。そしてくるりとふりかえった。と、チョークにずるりとつまずいて、すってんころろん。

アハハッ。思わず笑《わら》ったのは、三人のエリックたちだ。エリック・フライにエリック・ベーコン、エリック・オーヴンズ。みんな、リンゴにされてしまった。

ミセス・ゴーフの机には、いま、リンゴが十二個《こ》ならんでいる。ジョーにジョンにトッド、スティーヴン。キャシーにポールにナンシー、テレンス。モーレシアとエリック三人。

するとそこへ、校庭係の先生がひょっこり顔をのぞかせた。その名を、ルイス。〈三十階クラス〉の子らが、どういうわけか、休み時間に降《お》りてこない。ミセス・ゴーフは意地悪《いじわる》だといううわさだし、ちょいとようすを見にいこうか……。心配してわざわざのぼってきたのだった。が、教壇《きょうだん》の机《つくえ》の上にリンゴが十二個《こ》のっている。こりゃあ勘《かん》ぐりすぎたかな、と、ルイスはひそかに反省《はんせい》した。ミセス・ゴーフはいい先生にちがいない。子どもたちが、あんなにたくさんリンゴを持ってくるんだもの。それでまた、階段《かいだん》をとんとん降りて校庭へもどっていった。

そして、あくる日――。

〝ぴくぴくっ、ぺーっ〟は十二回もくりかえされて、リンゴはいよいよ増《ふ》えていった。ルイスはこの日も、子どもたちのようすを見に三十階までやってきた。教室には子どもが三人いるきりだ。でも、教壇の机の上には、リンゴがなんと二十四個《こ》のっている。ミセス・ゴーフは世界一の教師《きょうし》かもなと、うかつにも、ルイスは思ったのだった。

その週が終わるころには、〈三十階クラス〉の子は全員リンゴにされていた。ミセス・ゴーフは浮《う》きうきしながら、ひとりごとを口にした。

「やれやれ、これでうちへ帰れる。あのガキどもを、もう二度と教えなくっていいんだねえ。階段《かいだん》を三十階までのぼらなくってすむんだねえ」

そのときだ。

「どこへも行かせやしないぞ！」さけんだのはトッドだった。机《つくえ》の上からピョーンと跳《と》んで、ミセス・ゴーフの鼻のあたまに体当たり。

ほかのリンゴもそれにつづいた。ピョーン、ゴツン、

ピョーン、ゴツン。

ミセス・ゴーフは、たまらず床《ゆか》に倒《たお》れこんだ。おなかに胸《むね》に、手に足に、リンゴたちが飛《と》び乗《の》ってゆく。

「おどきったら！」ミセス・ゴーフはわめいた。「どかないと、アップル・ソースにしちまうよ」

だが、リンゴたちはどこうとしない。ミセス・ゴーフも打つ手なしだ。

「ぼくらをもとにもどしてよ」トッドが迫《せま》った。

しかたない。ミセス・ゴーフは、舌《した》をべーっと突《つ》きだした。つづいて耳をぴくぴくっ。まずは左を、おつぎは右を。順序《じゅんじょ》が逆《ぎゃく》ってわけなんだ。リンゴはどれも、子どもの姿《すがた》にもどっていった。

「よしっ」モーレシアが勇《いさ》んで言った。「ルイスせんせを呼《よ》んでこようよ。どしたらいいか教えてくれるわ」

「およし！」と、するどい金切《かなき》り声《ごえ》。「みんな、またリンゴにしてやる」

とんがり耳がぴくぴくっ。まずは右耳、おつぎは左。それから舌がべーっと突きでて、けれどもそのとき、ジェニーがすばやく鏡《かがみ》をかかげた。

ミセス・ゴーフはリンゴになった。

床《ゆか》にころんとリンゴがひとつ。

どうしよう。子どもたちは途方《とほう》に暮《く》れた。先生がいなくなった。どんなにいやーな担任《たんにん》でも、リンゴのままにはしておけない。でも、このクラスに、耳をぴくぴく動かせる子はいなかった。

するとそこへ、きょうもルイスがのぞきにきた。

「あれ？　ゴーフ先生、どこ行った？」

しーん。だれも答えない。

床にころんとリンゴがひとつ。

「はあ、なんか腹《はら》へったあ」と、ふいに言って、ルイスは舌《した》なめずりをした。「このリンゴ、食ってもいいよね？　ゴーフ先生、

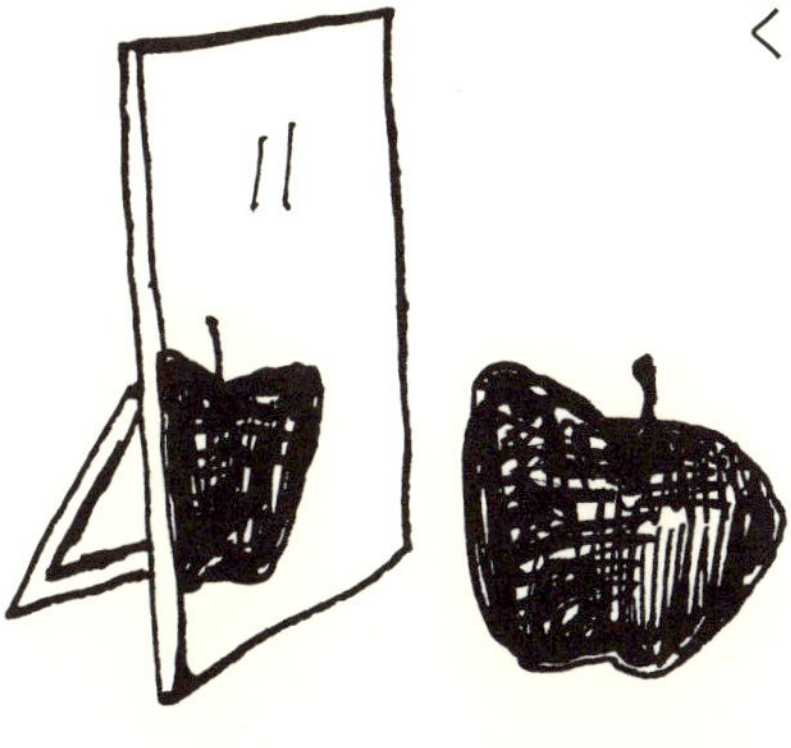

気にしないよね？　いつもいっぱい持ってるもんな」

そしてルイスは、床《ゆか》のリンゴを――リンゴになったミセス・ゴーフを――手に取ると、シャツにキュキュッとこすりつけ、かぷりと歯を立て、たいらげた。

Mrs Jewls

2 ミセス・ジュールズ

ミセス・ジュールズは、おっそろしくすてきな人だ。そのすてきな人が、すてきな顔をあおむけて、いま、ウェイサイド・スクールの前に立ち、最上階《さいじょうかい》を見上げている。ミセス・ジュールズは、きょうから〈三十階クラス〉を受け持つことになっていた。

ちょうどそのころ――。

〈三十階クラス〉では、子どもたちがそわそわびくびくおびえていた。ミセス・ゴーフになにがあったか、みんな、だれにも話していない。この三日間は、担任《たんにん》なしのままだった。そしてきょう、新しい先生がやってくる。いったいどんな先生だろう。おっそろしくすてきだという話だが、このクラスの子は、〝すてきな先生〟に受け持ってもらったことなど一度もない。〝すてきな先生〟ってどんな先生？　クラス全員、おっそろしく不安だった。

みしみし鳴る曲がりくねった階段《かいだん》を三十階までのぼりながら、ミセス・ジュールズもすっかり不安にかられていた。いったいどんな子たちだろう。おっそろしくかわいいという話だけれど、〝かわいい子〟を教えたことなど一度もない。

〝かわいい子〟ってどういう子？　ミセス・ジュールズは、おっそろしく不安だった。教室のドアがあいて、ミセス・ジュールズが入ってきた。おっそろしくすてきな人だ。子どもたちは、ひと目でそれを見てとった。

ミセス・ジュールズは子どもたちを見わたした。どの子もまあ、おっそろしくかわいいこと！　ヒトの子にしては、いくらなんでもかわいいすぎる。

「うそでしょう？」ミセス・ジュールズはつぶやいた。「おサルだらけ」

子どもたちは、たがいに顔を見合わせた。サルなんてどこにもいない。

「そんなばかな」ミセス・ジュールズはつづけて言った。「あんまりだわ。階段《かいだん》を、三十階まではるばるのぼってきたというのに、おサルのクラスがあるきりなんて。学校は、わたしのことをなんだと思っているのかしら。わたしは教師《きょうし》よ。動物園の飼育係《しいくがかり》じゃないのにね」

子どもたちは、新しい担任《たんにん》を見つめていた。なんて言えばいいんだろう。返す言葉が見つからない。トッドが、ありゃあと頭をかいた。

「あら、ごめんなさい」ミセス・ジュールズは、われに返ってあやまった。「誤《ご》

解《かい》しないでちょうだいね。おサルさんが嫌《きら》いなわけじゃ
ぜんぜんないの。ただ、ヒトの子のクラスだと
思いこんでいたものだから。おサルは好《す》きよ。
とっても好き。これからいっしょに、いろいろと
おサルのゲームができるわね」

「あのう、なんの話ですか？」トッドがたずねた。

おっとっと。ミセス・ジュールズは椅子《いす》から落っこちそうになった。

「まあ、おどろいた。ヒト語をしゃべるおサルさん！　あした、あなたにバナナ
を持ってきてあげる」

「ぼく、トッドって言います」トッドは名乗った。

なんだなんだ、どうなってんの？　クラス全員、びっくり仰《ぎょう》
天《てん》。いっせいに手があがった。

「ごめんなさい」ミセス・ジュールズはすまなそうな顔をした。

「全員に持ってくるには、ちょっと数が足りないの。おサルの

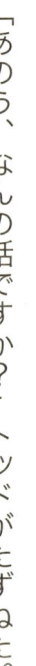

クラスを受け持つなんて思ってなかったんですもの。来週には、房《ふさ》ごとどっさり持ってきてあげますからね」

「ぼくはバナナいりません」カルヴィンが言った。「サルじゃありませんから」

「それじゃピーナッツは？」ミセス・ジュールズは、かまわず言った。「たしかハンドバッグにピーナッツの袋《ふくろ》を入れて……ちょっと待ってね。ほら、あった」

「いただきます」カルヴィンはピーナッツが大好物《だいこうぶつ》だ。

アリソンが立ちあがった。「あたしはサルじゃありません。ヒトの子です。女の子です。名前はアリソン。ほかのみんなもおなじです」

ミセス・ジュールズは目をまるくした。

「ええっ？　このクラスのおサルはみんな、アリソンて名前なの？」

「そうじゃなくて」こんどはジェニーが声をあげた。

「あたしたちみんな、ヒトの子だってアリソンは言ってるんです。あたしの名前はジェニーです」

「まさか」ミセス・ジュールズはゆっくりと首をふった。「ヒトの子が、こんなにかわいいわけがない……」

ジェイソンが手をあげた。

「はい、そこのきみ」ミセス・ジュールズは指さした。「赤いシャツのチンパンジーくん」

「ジェイソンです。ぼく、チンパンジーじゃありません」

「でも、ゴリラにしては小さすぎるわ」

「ぼくはヒトの子、男の子です」

「あら、おサルじゃないの？」

「ちがいます」

「で、ほかのみんなもおサルじゃないって言うのね？」

ミセス・ジュールズはふしぎそうに聞きかえした。

「ちがいます」と、アリソンきっぱり。「さっきからそう言ってるのに」

「おサルじゃないって、ほんとにほんと？」ミセス・ジュールズは念《ねん》を押《お》した。

「自分がサルなら、サルだってわかるんじゃないですか？」カルヴィンが言った。

「どうかしら」ミセス・ジュールズは首をかしげた。「自分がサルだってこと、おサルはわかっているかしら？」

「わかってるかどうかなんて、知りません」また、アリソンきっぱり。「だってあたし、サルじゃありませんから」

「そうね、おサルじゃなさそうね」ミセス・ジュールズはうなずいた。「いいでしょう。そういうことなら、やることがたくさんあるわ——読解《どっかい》、作文、足し算、引き算、つづりかた《スペリング》。さあ、みなさん、机《つくえ》の上に紙を出して。テストをします」

ジェイソンがトッドの肩《かた》をたたいて言った。「なあなあ、おい。おれたちさあ、サルだと思われてたときのほうがよかったな」

「うん」と、トッドはうなずいた。「ぼく、バナナもらいそこなったみたい」

「授業中《じゅぎょうちゅう》はむだなおしゃべりしないこと」ミセス・ジュールズはぴしゃりと言って、黒板のすみの、〈反省《はんせい》〉の文字の下に、チョークでトッドの名前を書いた。

JOE
3
ジョー
1956
7.5 3 1.
6.8.12.1.5.2.7.11.3.10
4
8
12
3
4619
5
769
2
CONKLIN'S MANUAL AND ATLAS
A MILLION FACTS
CONKLIN'S HANDY MANUAL OF USEFUL INFORMATION AND ATLAS OF THE WORLD
BROWN'S BUSINESS CORRESPONDENCE & MANUAL OF DICTATION
IMPERIAL

ジョーの髪《かみ》はくりんくりんくりんにカールしている。髪の毛ぜんぶで何本だ？　本人も、それは知らない。あんまり桁《けた》が大きくて、ジョーには数えられないから。いや、ひと桁だって、じつはジョーには数えられない。

ある日の休み時間のこと——。

みんなは外へすっとんでった。けれどもジョーは、教室に残《のこ》るようにと先生に言われてしまった。

「ジョー、質問《しつもん》よ」ミセス・ジュールズは言った。「あなたの髪の毛は、ぜんぶで何本？」

ジョーは肩《かた》をすくめた。「たっくさんです」

「それじゃ答えにならないわ。何本かって、訊《き》いてるの」

「ぼくの頭をおおえる数だけ生《は》えてます」

「数をかぞえられるようになりましょうよ、ね？　ジョー」

「数ならちゃんとかぞえられます。だから、遊びにいかせてください」

「じゃ、十《とお》まで数えてみてちょうだい」

ジョーは十まで数えてみせた。「六、八、十二、一、五、二、七、十一、三、十」

「ちがうわ、ジョー」ミセス・ジュールズは首をふった。「そうじゃないでしょ?」

「だって、十まで数えました」

「だってもなにも、そうじゃないわ。じゃ、わからせてあげます」ミセス・ジュールズは、エンピツを五本、ジョーの机《つくえ》にならべた。「さて、机の上に、エンピツは何本ある?」

ジョーはエンピツを数えていった。「四、六、一、九、五——五本あります、ジュールズ先生」

「ちがうでしょ?」

「じゃ、何本ですか?」ジョーはたずねた。

「五本よ」

「ほら。ぼくも五本て言いました。もう、遊びにいっていいですか?」

「いけません。五本は五本でも、数えかたがでたらめなの。あなたの答えはまぐ

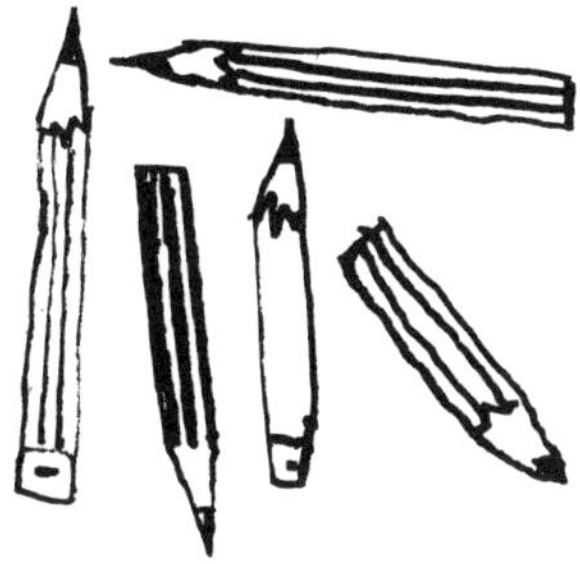

れあたり」そしてミセス・ジュールズは、ジョーの机《つくえ》にジャガイモを八つならべた。「さて、机の上に、ジャガイモはいくつある？」

ジョーはジャガイモを数えていった。「七、五、三、一、二、四、六、八——八個《こ》あります、ジュールズ先生」

「いいえ、八個よ」

「だから八個って言いました。遊びにいっていいですか？」

「いけません。八個は八個でも、数えかたが、こんども、でたらめ」そしてミセス・ジュールズは、ジョーの机に本を三冊《さつ》ならべた。「さて、本は何冊？　数えてごらん」

ジョーは本を数えていった。「千、百万、三——三冊です、ジュールズ先生」

「ピンポーン、大当たり」

「じゃ、遊びにいっていいですか?」

「まだよ、ジョー」

「じゃ、ジャガイモ一個《こ》、もらっちゃってもいいですか?」

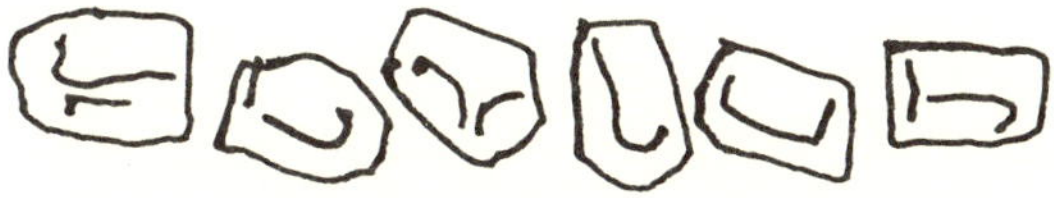

「いけません。いい? よーく聞いてね。一、二、三、四、五、六、七、八、九、十。はい、このとおりに言ってみて」

「一、二、三、四、五、六、七、八、九、十」ジョーはそっくり、まねしてみせた。

「よくできました!」ミセス・ジュールズは明るく言って、そしてこんどは、ジョーの机《つくえ》に消しゴムを六つならべた。「さて、消しゴムはいくつある? いま教えたとおりに数えてみて」

ジョーは消しゴムを数えていった。「一、二、三、四、五、六、七、八、九、十——十個です、ジュールズ先生」

「ちがうでしょう?」

「でも、ちゃんと数えましたよね？」

「ちゃんと数えても、答えがまちがっちゃってるわ」

「へんなの」ジョーは口をとがらせた。「でたらめ数えても答えはマル、ちゃんと数えると答えはペケ」

するとミセス・ジュールズは、自分の頭を壁《かべ》に五回、打ちつけた。

「さて、わたしはいま、壁に何回、頭をごんごんやったでしょう」

「一、二、三、四、五、六、七、八、九、十――十回、ごんごんやりました」

「ブー、大はずれ」

「四、六、一、九、五――五回、ごんごんやりました」ジョーは答えなおした。

ミセス・ジュールズは、ちがうちがう、と首をぶんぶんふったけれども、「大当たり」と、口では言った。

授業開始《じゅぎょうかいし》のベルが鳴り、みんながどやどやもどってきた。休み時間に外の空気を吸《す》ったおかげで、大声でおしゃべりしたり笑《わら》ったり。どの子もにこにこ浮《う》かれてる。

「あーあ」ジョーはしょげかえった。「休み時間、終わっちゃったよ」

「おい、ジョー、おまえどこにいたんだよ?」ジョンが言った。「キックベース、すっげえおもしろかったのに」

「ぼく、ホームランを飛《と》ばしたよ」トッドがえばった。

「なんで来なかったのよ、ジョー? どっか悪いの?」ジョイがたずねた。

「どっこも!」ジョーは答えた。「ジュールズ先生が、数をかぞえられるようになりましょうって言うからさ」

ジョイはキャハッと笑《わら》った。「ってことは、もしかして、数をかぞえらんないとか!?」

「数かぞえるなんて、朝飯前《あさめしまえ》じゃん」モーレシアがばかにした。

「そんなことを言うものではありませんよ、モーレシア」ミセス・ジュールズがたしなめた。「あなたにとっては朝飯前でも、ジョーにとっては朝飯前じゃないってことがあるでしょう? 反対に、ジョーにとっては朝飯前でも、あなたにとっては朝飯前じゃないってことがあるんじゃない?」

「ジョーには、朝飯前《あさめしまえ》のことなんて、ただのひとつもありません」モーレシアは言いかえした。「だって、おバカなんだもん」

「おまえをぶちのめすぐらい朝飯前さ」ジョーがすごんだ。

「じゃ、やってみたら」モーレシアもすごみかえす。

「いいかげんになさい」ミセス・ジュールズはぴしゃりと言って、黒板のすみの、〈反省《はんせい》〉の文字の下に、モーレシアの名前を書いた。

ジョーは机《つくえ》につっぷした。片側《かたがわ》にはジャガイモ八つ、もう片側には消しゴム六つがならんだままだ。

「気にすることないわ、ジョー」ミセス・ジュールズは声をかけた。

「わかんないもんはわかんない」ジョーは低《ひく》くつぶやいた。「ぼく、数えられる

ようになんて、ぜったいなれない」

「ぜったいなれます」ミセス・ジュールズは励《はげ》ました。「そういう日が、いきなりやってくるものよ。ある朝、目ざめて、そしたらなぜか、数えられるようになってるの」

ジョーは顔を起こした。「目をさますだけで数えられるようになれるんなら、学校へは、ぼく、なんのために来るんですか？」

「学校でお勉強すれば、〝その日〟が早く来るんです」ミセス・ジュールズは目をきらきらさせた。「学校へ来なかったら、ある朝、目ざめて突然《とつぜん》に……の〝その日〟まで、あと七十年は待たなければならないかもよ」

「そのころには、ぼく、ツルッパゲで、数える髪《かみ》がなかったりして」ジョーは言った。

「そのとおり。学校へは、だからやっぱり来なくちゃね」

そしてあくる日——。

目をさましたら、ジョーは突然《とつぜん》、数えられるようになっていた。髪《かみ》の毛は、五万五千と六本あった。どの一本も、くりんくりんにカールしていた。

4
シャーリー
PURE ALUMINUM
PURE ALUMINUM
FAST BLACK

シャーリーはまつげが長い。体重は、二十二キロぽっきりだ。で、いつもかならず、フードのついた赤と青のだぶだぶオーバーを着こんでいる。このオーバー、重さが十六キロあって、赤い部分が七キロに青い部分が七キロにフードが二キロ。ついでにいえば、シャーリーのまつげの重さは、六百と七十グラムだ。

シャーリーは、窓際《まどぎわ》に席があって、授業中《じゅぎょうちゅう》、しょっちゅう外をながめている。でも、担任《たんにん》のミセス・ジュールズは気にしちゃいない。窓の外をながめながら、おおぜいの人がじつに多くを学ぶのです、と、そう言って。

授業中、シャーリーはよく眠《ねむ》りこける。ミセス・ジュールズは、それでもやっぱり気にしちゃいない。眠りこけているときに、おおぜいの人がじつに多くを学ぶのです、と、そう言って。

いつ見たって、シャーリーは、窓の外をながめているか眠っているかのどちらかだ。それでミセス・ジュールズは、シャーリーのことを、クラスでいちばんの

よい子だわ、と思っていた。

で、暑い暑いある日の午後――。

窓《まど》はすべて開け放たれ、それでもやっぱりシャーリーは、赤と青のだぶだぶオーバーを着こんでいた。そして、暑さにぐったりしていた。ミセス・ジュールズは、いま、算数を教えている。シャーリーは顔の前にフードをぐいとひっぱりおろすと、オーバーのなかで、まるくなって眠《ねむ》ってしまった。

「先生!」と、キャシーが言った。「シャーリーが寝《ね》ちゃってます」

「あら、いいことね」ミセス・ジュールズはにっこりした。

「シャーリーはいま、なにかを学んでるとこなのよ」そして、授業《じゅぎょう》をつづけた。

シャーリーはいびきをかきはじめた。

「先生! シャーリーがいびきをかいてます」と、またキャシーが言った。

「はいはい、ちゃんと聞こえてますよ。シャーリーはきょう、よっぽど

たくさん学ぶことがあるようね。みなさんにも見習ってほしいものだわ」

そうするうちにシャーリーは、右に左に寝返《ねがえ》りを打ちはじめた。ついに、どたんと机《つくえ》の上へ。そのままごろりところがって、となりの机に、キャシーの机に、乗っかった。するとまた、反対側《はんたいがわ》へごろごろごろともどっていって……。

キャアアアアア！　キャシーの悲鳴が空気を切《き》り裂《さ》く。シャーリーは、窓《まど》の外へところがり落ちた。それでも、眠《ねむ》りこけている。

知ってのとおり、この教室は、最上階《さいじょうかい》の三十階にあるんだよ。だからシャーリー、落ちるわ落ちるわ、どこまでも。

十階分落ちたところで、ようやく目がさめ、あたりを小さく見まわした。えっ、ここどこ？　教室じゃない。うちのベッドともちがう。あらあ、いったいどこかしらん？　シャーリーは、ほわあとひとつあくびをすると、フードをもう一度ひっぱりおろして、眠りに落ちた。そのころにはもう、二十階分、落ちていた。

ウェイサイド・スクールの校庭は、むちゃくちゃひろい。シャーリーが窓からころがり落ちたとき、校庭係の先生、ルイスは、校舎《こうしゃ》からいちばん遠い、校庭のはじっこにいて、それを目撃《もくげき》したのだった。ルイスはダッとかけだした。バレーボールのネットをくぐり、キックベースのフィールドを全速力で走りぬけ、石蹴《いしけ》り遊《あそ》びのコートなんぞはひとっ跳《と》び。雲梯《うんてい》をのぼって越《こ》えて、芝生《しばふ》をつっきり、間一髪《かんいっぱつ》、シャーリーを、みごと両手で受けとめた。地面にたたきつけられる、まさに一瞬前《いっしゅんまえ》だった。

ミセス・ジュールズのクラスのみんなは、三十階から、やんややんやの大喝采《だいかっさい》。

シャーリーは、ルイスの腕《うで》に受けとめられて目がさめた。

「もう！　ルイスせんせ、なんで起こすの？　せっかくぐっすり寝《ね》てたのに」

「ごめんよ、シャーリー」

「ごめんよ、ごめんよって、そればっかり」シャーリーはむくれて言った。「すてきな夢《ゆめ》を見てたのに、起こされちゃった。いっつもあたしのじゃまするのね。やんなっちゃう」そしてシャーリー、笑《わら》いだし、ルイスの首に両手をまわして抱《だ》きついた。

そのあと、ルイスは、シャーリーをかかえたまんま、階段《かいだん》をどんどんのぼって、三十階の教室まで送りとどけてやったんだ。

その晩《ばん》のこと――。

シャーリーは、ベッドに入っても寝《ね》つけなかった。昼間にたっぷり眠《ねむ》ったからね、くたびれてなんかいなかった。

5
Todd
トッド

ミセス・ジュールズのクラスの子は、トッドをのぞいて全員が、さっきからわいわいがやがやさわがしい。トッドひとりが、だまって考えこんでいる。トッドはいつもそうだった。考えてから口をひらく。そしてなにかを思いつくと、目がかがやくんだ。ぱあっとね。

いまもトッドは、じっくり考え、ようやく口をひらきかけた。が、ふたことも言わないうちに、ミセス・ジュールズにさえぎられた。

「トッド、授業中《じゅぎょうちゅう》はむだなおしゃべりしないこと。練習帳をやるときは、みんなみたいに静《しず》かになさい」

ミセス・ジュールズは、黒板のすみの、〈反省《はんせい》〉の文字の下に、チョークでトッドの名前を書いた。

トッドは、まわりを見まわした。びっくりだ。いまのいままで、言い合いしたりわめいたり、ぺちゃくちゃしゃべってすっごくうるさかったのに、いつの間にやら、みんな静かに練習帳にむかっている。トッドは、あれえ、と頭をかいた。

ミセス・ジュールズは、どの子にも二回までチャンスをくれる。注意を受けると、一回めは〈反省《はんせい》〉の下に名前を書かれ、二回めは名前の横にチェックマークがつけられて、三回めは名前を丸でかこまれる。丸でかこまれたら、その子はアウトだ。早めに家に帰されて、午後の授業《じゅぎょう》は受けられない。

トッドは、机《つくえ》のなかに手を入れて、練習帳をひっぱりだした。そうしてようやく取りかかったら、だれかに肩《かた》をたたかれた。ジョイだった。

「いま何ページやってんの?」

「四ページ」と、トッドは小声で答えた。

「あたし、十一ページよ」ジョイはえばった。

トッドは言いかえさなかった。また注意を受けたらたいへんだ。だからだまって練習帳の作業にもどった。

ところがまた、五分もするとジョイに肩をたたかれた。トッドは知らんふりをした。するとジョイは、エンピツの先でつんつん背中《せなか》をつついてきた。トッドは気づかぬふりをした。ジョイはすっと席《せき》を立ち、エンピツをけずりにいった。そしてもどると、とがった芯《しん》でちくちく背中をつついてきた。

「いま何ページ？」

「五ページ」声をひそめてトッドは答えた。

「ひええ、のろまあ！　あたし、二十九ページよ」

「競争《きょうそう》じゃないから……」トッドはひそひそ言いかえした。

ところがだ。五分もすると、ジョイはこんどは、トッドの髪《かみ》をひっぱって、ふりかえるまで放《はな》さなかった。そしてうるさく「いま何ページ？」と、また訊《き》いた。

「六ページ」トッドは、思いっきり声をひそめて答えてやった。

「あたし、二百ページよお！」ジョイは声をはりあげた。

トッドは、かっとなって思わず言った。「お願《ねが》いだから、じゃますするのやめてくれない？　練習帳やらせてよ！」

ところがそれを、ミセス・ジュールズに聞かれてしまった。

「トッド。授業中《じゅぎょうちゅう》は私語《しご》はだめって、さっき注意しなかった？」

トッドはこまって頭をかいた。

ミセス・ジュールズは、〈反省《はんせい》〉の下の、トッドの名前の横っちょに、チョークでチェックマークをつけた。

いい子でいなくちゃ。トッドはいま必死《ひっし》だった。うっかりしゃべってあと一回注意を受けたら、名前を丸でかこまれて、正午には、幼稚園《ようちえん》の送迎《そうげい》バスで早くに家へ帰される。きのうもおとといもそうだった。いや、ミセス・ジュールズが担《たん》任《にん》になってから、トッドが正午に帰されない日は一日もないのだった。これもあなたのためなのよ、とジュールズ先生は言うけれど……。授業《じゅぎょう》は午後の二時までだ。みんなはそれまで帰らない。

トッドはべつに、目立って悪いわけではない。ただ、なぜかいちいち見つけられてしまうのだ。ああ、ぼくも二時までみんなといっしょにいたいなあ、とトッドは思う。十二時から二時のあいだ、みんなはなにをしてるんだろう。知りたいなあ。けれどもきょうも、運はめぐってきそうにない。まだ十時半にしかならないのに、はや二回、注意を受けた。ツー・ストライクだ。トッドは口をぎゅっとむすんで、練習帳にもどった。

そのとき、ドアにノックがあった。ミセス・ジュールズがドアをあけると、覆《ふく》面《めん》をした男がふたり、銃《じゅう》を手に押《お》し入《い》ってきた。

「有《あ》り金《がね》ぜんぶ、こっちによこせ！」

「五セントしか持ちあわせがありませんの」

ミセス・ジュールズは言った。

「あたし、十セント玉一個《こ》ある」と答えたのは、モーレシア。

「あたしは十三セント」これはレスリー。

「ぼく、四セント」ダミアンだ。

「ちぇっ、なんてぇしけた銀行だ！」ふたり組のひとりが言った。

「銀行じゃないよ、学校だよ」と教えてやってトッドは訊《き》いた。「字、読めないの？」

「読めねえよ」ふたり組は、そろって首を横にふった。

「ぼくも読めない」トッドは言った。

「三十階まではるばるのぼってきたっつうのに、手ぶらで帰れってえのか、おい！」ひとりがすごんだ。「金目《かねめ》のものはないのかよ？」

トッドの目が、そのときぱっとかがやいた。

「あるよ」トッドは胸《むね》を張《は》った。「ぼくたち、〝知識《ちしき》〟を持ってるよ」そして、ジョイの練習帳をすばやくつかむと、ふたり組にさしだした。「知識はね、お金よりもずっと価値《かち》があるんだよ」

「ありがと、ぼうや」ひとりのほうが礼をのべた。

「強盗稼業《ごうとうかぎょう》はやめにして、おれ、科学者になろうかな」と、もうひとりが目をきらきらさせた。

ふたり組は、だれにも危害《きがい》を加《くわ》えずに、おとなしく帰っていった。

「あたしの練習帳！　持ってかれたあ」ジョイがさっそく、文句《もんく》を言った。

ミセス・ジュールズが、まっさらの練習帳をかわりにやった。それでジョイは、最初《さいしょ》っからやりなおすはめになった。

「ねえ、ジョイ、いま何ページやってんの？」トッドはたずねた。

「一ページ」答えてジョイはため息ついた。

「ぼく、八ページ」どうだとばかりに、トッドはからから笑《わら》った。

それをまた、ミセス・ジュールズに聞かれてしまった。黒板のトッドの名前が丸でかこまれ、きょうもスリー・ストライクだ。幼稚園《ようちえん》の送迎《そうげい》バスで、早くに家へ帰される。トッドは正午に教室を出た。

ただし、きょうはいつもとちがった。まるで、球場《きゅうじょう》を去る花形《はながた》野《や》球選手《きゅうせんしゅ》だ。クラス全員、立ちあがって拍手《はくしゅ》喝采《かっさい》。口笛《くちぶえ》が鳴る。

トッドは照《て》れて頭をかいた。

BEBE
6
ベベ

べべの髪《かみ》は、ショートでブラウン。まんまるお鼻は小さくて、歯も豆粒《まめつぶ》みたいにちっこいけれど、目はでかい。ひとみはブラウン。べべ・ガン、これがフルネームだ。ミセス・ジュールズのクラスでは、べべ・ガンは、絵を描《か》くのがだれより早い。

猫《ねこ》一匹《いっぴき》なら、描きあげるのに四十五秒かからない。犬一匹なら、三十秒もかからない。花一本なら、八秒とかからない。

もちろんべべは、犬一匹とか猫一匹とか花一本とか、それきり描いておしまいにしたりはしない。美術《びじゅつ》の時間は十二時半から一時半だ。六十分あれば、べべは、猫五十四匹に花百本に犬二十四匹を描きあげて、あまった時間でたまごかスイカを五、六個《こ》、描ける。ちなみにべべは、スイカ一個を、たまご一個とおなじ時間で描きあげる。

カルヴィンの席《せき》はべべのとなりだ。ぼくって絵がへたくそだよな、カルヴィンはそう思っている。なにせ、飛行機《ひこうき》を一機、描くだけで、まる一時間かかってしまう。それじゃというんで、自分で描くのはやめにして、べべを手伝《てつだ》うことにした。つまりはべべのアシスタントだ。べべが、ささっと一枚《まい》、描《か》きあげるや、その傑作《けっさく》を、べべの前からすばやく下げて、白い画用紙を置《お》いてやる。クレヨンがちびてくれれば、いつでも手渡《てわた》せるように、新しいのを用意する。べべのほうは、一秒もむだにしないで、描いて描いて描きまくれる、というわけだ。そのかわり、べべはいつも、カルヴィンに、飛行機《ひこうき》を五機か六機、描いてくれる。

十二時半。きょうもまた、美術《びじゅつ》の時間がやってきた。べべはすでに〝用意〟のかまえだ。にぎっているのは、緑のクレヨン。机《つくえ》の上には、画用紙が一枚のっている。

カルヴィンも〝用意〟のかまえだ。画用紙の山とクレヨンの箱をかかえている。

「いくよ、べべ」カルヴィンが声をかける。

「いいわよ、カルヴィン」べべが答える。

「はい、みなさん」と、ミセス・ジュールズの声がした。「美術の授業《じゅぎょう》をはじめます」

その言葉が終わるか終わらないかのうちに、べべは葉っぱを一枚《まい》、描《か》きあげていた。

カルヴィンは、その傑作《けっさく》をすばやく下げて、白い画用紙を新たに置《お》いた。

「赤！」と、べべ。

カルヴィンが赤のクレヨンをべべに渡《わた》す。

「青！」と、べべ。

カルヴィンが青のクレヨンをべべに渡す。

ふたり、息の合っていることといったら！　抜群《ばつぐん》のチームワークだ。描き終えた画用紙をすばやく下げて、つぎの画用紙を置くカルヴィン。これもたいした早《はや》業《わざ》なら、べべもまた早業だった。魚一匹《さかないっぴき》、ハイおつぎ。リンゴひとつ、ハイおつぎ。さくらんぼ三つ、くるくるくるん、でハイおつぎ。

そうするうちに、一時半のベルが鳴り、ミセス・ジュールズの声がした。

「はい、みなさん、美術《びじゅつ》の授業《じゅぎょう》はおしまいです」

べべは、クレヨンをぽとりと落とし、机《つくえ》の上につっぷした。カルヴィンは、ふうと大きく息をつき、椅子《いす》の背《せ》にぐったりもたれた。くたびれて身動きならないほどだった。それまでの最高記録《さいこうきろく》を、きょうまたふたりで塗《ぬ》りかえた。べべは、この六十分で、三百と七十八枚《まい》、絵を描《か》いた。それはいま、カルヴィンの机の上に、うずたかく積《つ》まれている。

ミセス・ジュールズがやってきた。「カルヴィン、これぜんぶ、あなたが描いたの?」

カルヴィンはハハッと笑《わら》った。「ンなわけないです。だって、ぼく、絵は描けないから。ぜんぶ、べべが描いたんです」

「それじゃ、カルヴィン、あなたはなにを描いたの?」

「ぼくはなにも描いてません」

「どうして描かないの? 絵が嫌《きら》いなの?」

「絵は好《す》きです。だから、なにも描《か》かないんです」

は？　ミセス・ジュールズは首をひねった。

「ぼくはどうせ、一時間で一枚《まい》きりしか描けません。べべは百枚、描けちゃいます。でも、ふたりで組めば、べべは三百七十八枚、描けるんです！　芸術《げいじゅつ》がいっぱい生まれてくるんです」

べべとカルヴィンは握手《あくしゅ》した。

「それはちがうわ」ミセス・ジュールズはきっぱり言った。「芸術は、そういうふうに計《はか》るものではなくってよ。たいせつなのは、何枚描いたかではなくて、どれだけ心が入っているかよ。いいですか？　一生かけて猫一匹《ねこいっぴき》を描く人だっているんです。べべなら、百万匹も描いてしまうでしょうけれど」

「二百万匹、描けちゃいます」べべがえばった。

ミセス・ジュールズは、かまわず言った。「もしも、だれかが一生かけて一枚っきり絵を描いて、けれどもそれが、べべの描いた二百万枚の絵のどれよりも、心が入っているとしたら、芸術を生みだしたのはどちらかしらね？　べべじゃなくて、その人のほう」

べべの顔が、泣《な》きだしそうにゆがんだ。と、カルヴィンの机《つくえ》に積《つ》まれた絵を、ゴミ箱めがけて、べべはすっかり投《な》げ捨《す》てた。そして教室を飛《と》びだした。

「べべの絵はうまいと思うけどな、ぼく」そうつぶやいてカルヴィンは、ゴミ箱から、一枚《まい》だけ、しわくちゃの絵を、飛行機《ひこうき》の絵を、拾いあげた。

べべはそれからどうしたか。一階まで一気にかけおり、校庭に出た。

校庭係のルイスせんせが、べべに気づいて声をかけた。

「どこ行くんだい？」

「うちに帰るの。帰って猫の絵を描《か》くの」

「じゃ、あした学校へ持ってきて、ぼくに見せてくれよ、な？」

「あした⁉」べべはヒクッと笑《わら》った。「あしたじゃ、まだ、ひげ一本も描けてないかもしれないわ」

CALVIN
7 カルヴィン
PURE ALUMINUM
ESTERBROOK & CO.
340 MAMMOTH FALCON

カルヴィンは、大きなまあるい顔をしている。

ある日のこと——。

「カルヴィン、このメモを、ミス・ザーヴズにとどけてくれる？」と、担任《たんにん》のミセス・ジュールズに頼《たの》まれた。

「ザーヴズ先生に……ですか？」カルヴィンは聞きかえした。

「そうよ、ザーヴズ先生に。何階だか知ってるわよね？」

「はい……十九階です」

「そのとおり。じゃ、とどけてね」

カルヴィンは、その場に立ちつくしていた。

「あら、どうしたの？」ミセス・ジュールズはいぶかった。

「だって、十九階なんです」

「ええ、そうよ。いま、たしかめあったところでしょ？」

「だって〈十九階クラス〉なのに」

「そうよ、カルヴィン、〈十九階クラス〉ですよ。さあさ、早くとどけてちょうだい。先生、いらいらしてきちゃう」

「でも、ジュールズ先生」

「行きなさい！」ミセス・ジュールズはいらだちの声をあげた。「それとも、幼《よう》稚《ち》園《えん》の送《そう》迎《げい》バスで、早めにおうちに帰りたい？」

「わかりました。行きます、先生」しぶしぶ答えて、カルヴィンは、のろのろと廊《ろう》下《か》に出た。

「八、八、八」テレンスが笑《わら》った。「十九階に持ってけよー」

「ザーヴズ先生に渡《わた》せよー」と、大声でからかったのは、マイロンだ。

「十九階で楽しんでこーい」これは、ジェイソン。

カルヴィンは、こんどは廊下に立ちつくした。どこへ行ったらいいんだろう。わからない。

知ってのとおり、この学校は、手ちがいから、九十度ひっくりかえって建《た》てられた。ひとつの階に一教室の、三十階建て校《こう》舎《しゃ》になった。おまけに、もひとつ、手ちがいが起きてしまった。建てた人が、十九階をこしらえるのを忘《わす》れたのだ。

十八階と二十階はこしらえたのに、十九階をぬかしてしまった。建《た》てた人は、平あやまりにあやまった。

ミス・ザーヴズという先生も、だから、いない。ミス・ザーヴズは〈十九階クラス〉の担任《たんにん》だ。十九階がないんだから、ミス・ザーヴズだって、いやしない。

というわけで、ただでさえこまりはててしまうのに、カルヴィンは、とどけるはずの伝言《でんごん》メモ、それすら持っていないのだった。ミセス・ジュールズは、カルヴィンに、メモなど渡《わた》しはしなかった。

「ちぇっ、なんだよこれ」カルヴィンは心のなかでつぶやいた。「むちゃくちゃだよ！　ありもしない伝言メモを、ありもしない教室の、いもしない先生にとどけろっていうんだから」

どうしていいかわからない。カルヴィンは途方《とほう》に暮《く》れた。階段《かいだん》を十八階まで降《お》りてきて、二十階へひきかえし、また十八階まで降りてきて、二十階へひきかえす。

十九階なんてありゃしない。はじめっからない、いまもない、これからもだ。

カルヴィンは、下の事務室《じむしつ》にやってきた。ミス・ザーヴズの郵便受《ゆうびんう》けにメモを入れることにした。ところがだ。郵便受けもないのだった。ま、かまやしない。入れようにも、かんじんの伝言《でんごん》メモがないのだから。

ふと、窓《まど》の外に目をやったら、校庭係のルイスせんせが、バスケットボールを手にシュートしている。ルイスせんせなら、どしたらいいか教えてくれるよ。そんな気がして、カルヴィンはおもてに出た。

「ルイスせんせ！」

「やあ、カルヴィン」ルイスせんせは、ボールをひょいとトスしてきた。カルヴィンはぱっと受けとめ、タンタンタンとドリブルしてから、跳《と》びあがってシュートした。入らない。でも、ルイスせんせが、それたボールを空中でちょいと押《お》して、リングにすぽんと入れてくれた。

「シュートごっこしようか？」ルイスせんせが誘《さそ》ってきた。

「いま、ひまないの」カルヴィンは言った。「伝言メモを、十九階のザーヴズ先生にとどけなくっちゃならないんだ」

「それじゃどうして、ここまで降《お》りてきたんだい？」

「だって、十九階なんてないんだもん」

「じゃ、ザーヴズ先生はどこにいる？」

「ザーヴズ先生だって、いるわけない」

「じゃ、伝言《でんごん》メモはどうするつもり？」

「伝言メモだってないもんね」

「ほう。そういうことか」

「そういうことってどういうこと？　教えてよ、ぼく、わかんない」

「単純明快《たんじゅんめいかい》。きみは、いもしない先生のところへありもしない伝言メモをとどけることになってないってことだよ。だからもう、使いはすんだ、そういうこと」

って言われても……。カルヴィンにはちんぷんかんぷん。「ジュールズ先生に、とどけられませんでしたって言わなくちゃ」

「それがいい。いつだって、ほんとのことを言うのがいちばん。それにぼくも、自分がいったいなに言ってんだか、わかってなかったりしてね」

カルヴィンは、階段《かいだん》をまた三十階分、てくてくのぼって、自分のクラスにもどってきた。

「おかえり、カルヴィン、ありがとう」カルヴィンの顔を見るなり、ミセス・ジュールズは笑顔《えがお》で言った。

「あの、でも、ぼく――」

ミセス・ジュールズは、かまわずつづけた。「とてもだいじな伝言《でんごん》だったの。あなたは、ほんと、たよりになる子ね、ありがとう」

「あの、でも――」

すると、こんどは、ジェイソンにさえぎられた。「十九階に――ザーヴズ先生んとこに――ほんと、とどけてきたのかよ？　どうやって？」

「どうやってって、どういう意味？」ミセス・ジュールズが聞きかえした。「カルヴィンはザーヴズ先生にメモをとどけてくれたのよ。あのね、ジェイソン、言われたことをきちんとやる、世の中にはそういう人もいるものよ」

「あの、けど、先生――」カルヴィンは、一生けんめい、ほんとのことを言おうとした。

「とてもだいじな伝言《でんごん》だったの」先生はまた、かまわず言った。「きょうのお昼はごいっしょできませんのでって、ザーヴズ先生に、大至急《だいしきゅう》、伝《つた》えておきたかったから」

「だったら心配いりません」カルヴィン、やれやれ、ほっとした。「ザーヴズ先生は、ぜったいごいっしょしませんから」

「ありがとう。わたしの机《つくえ》のコーヒー缶《かん》に、ペロペロキャンディがいっぱい入ってますからね。ひとつ取ってお食べなさいな。ちゃんとメモをとどけてくれたごほうびよ」

「いただきます」カルヴィンは胸《むね》を張《は》った。「でも、ほんとの話、すっごくおやすいご用でした」

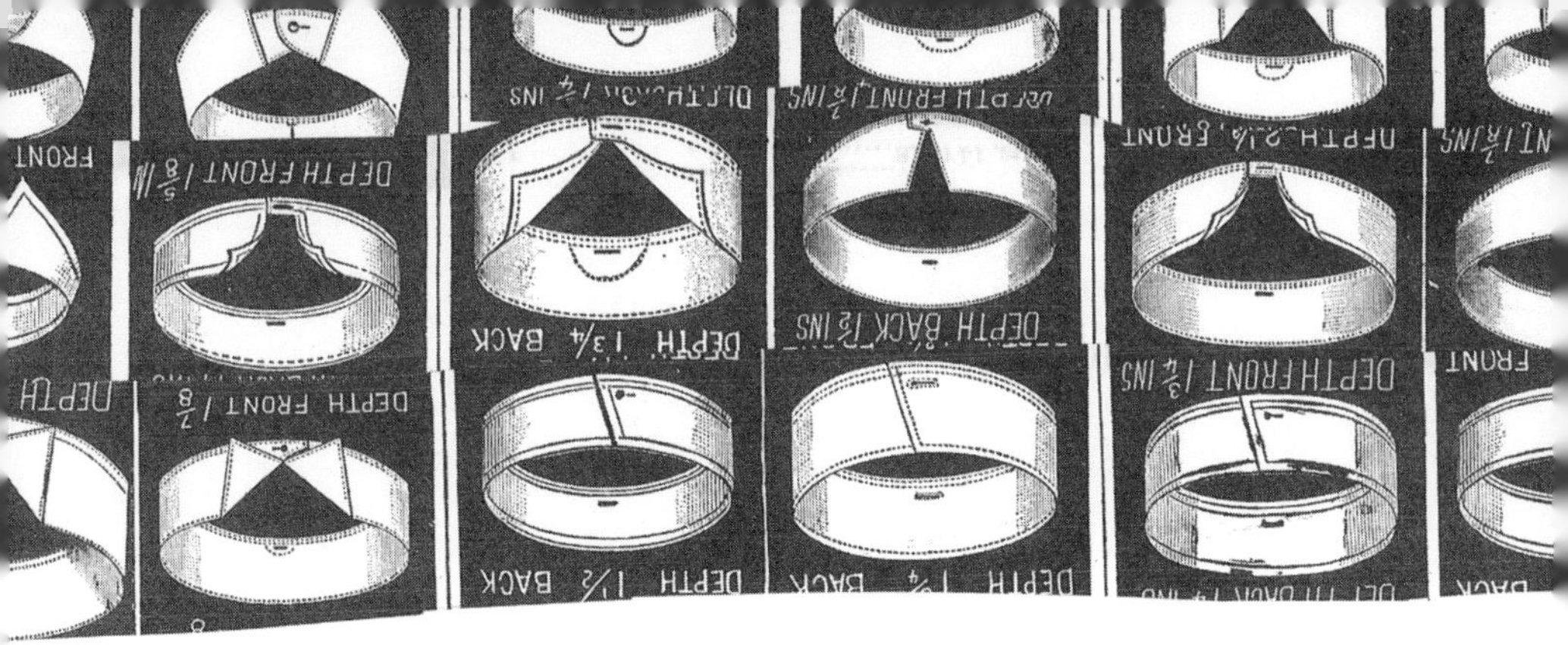

Myron 8 マイロン

マイロンは、大きな耳をしている。こんど、新しく学級委員に選《えら》ばれた。級長だ。マイロンなら、いい学級委員になってくれる、と、〈三十階クラス〉の子らは、みんな思った。学級委員になる子というのは、話しじょうずだ。でも、マイロンは、もっとすごい。聞きじょうずで、人の話を心《しん》から聞いてくれるのだ。

ただ、こまったことに、学級委員とはいったいなにをするものなのか、マイロンは知らなかった。そこで、たずねた。

「ジュールズ先生、ぼく、なにをすればいいんですか?」

「この仕事は手ごわくってよ。でも、あなたならできるわ、マイロン。学級委員の仕事はね、毎朝いちばんに、教室の明かりをつけて、そして放課後《ほうかご》、最後《さいご》に明かりを消すことです」

「え?」と、マイロンは聞きかえした。

「学級委員なら、人の話はしっかりと聞けるようにならなくてはね」ミセス・ジュールズはきびしく言った。「あと一度しか言いませんよ。毎朝いちばんに、教室の明かりを――」

「それなら、しっかり聞きました。でも、手ごわいって、どうしてですか？　仕事ってほどじゃないですよね？」

「仕事です！」ミセス・ジュールズはきっぱり言った。「明かりがなければ、先生は教えることができません。みなさんも、学ぶことができなくなるわ。ここの明かりをつけられるのは、マイロン、あなただけなのです。これはきわめてだいじな仕事……と、先生は思いますよ」

「そうですね」と答えたものの、マイロンは、やっぱり首をかしげていた。なんのこっちゃ。

「それじゃまず、先生がお手本を示《しめ》してあげましょう。明かりのスイッチの入れかたよ」

「もう、知ってます」マイロンは言った。「明かりをつけたり消したりなら、生まれてこのかた、ずうっとやってきましたから」

「たいへんけっこう！　あなたはきっと、りっぱな学級委員になるわ」

だれよりりっぱな学級委員に、マイロンはなりたかった。けれども、仕事がかんたんすぎる。だれにだってできちゃうよ、とひそかに思った。

その日の放課後《ほうかご》、マイロンは、クラスのみんなが帰ってから、スイッチをパチンと押《お》して教室の明かりを消した。

「すばらしい！」ミセス・ジュールズは感嘆《かんたん》の声をあげた。

そして、学校からの帰り道——。

マイロンは、ぞっとする音を耳にした。まず、キキーッとタイヤが激《はげ》しくきしみ、つづいてするどい悲鳴があがり、ブオーッとエンジン音がした。そのあとこんどは、女の子のすすり泣《な》きが、かすかにかすかに聞こえてきた。

どしたんだろう？　マイロンは音のしたほうへ走っていった。

と、道のまんなかに、デイナがしゃがみこんでいた。同じクラスの女の子だ。

「どうしたの？」マイロンは声をかけた。

「あたしのワンちゃんが、パグシーが、車にひかれちゃったの」泣きながらデイナは言った。

「ひいたのはだれ？」

「わかんない！」デイナはしゃくりあげた。「そのまま走って逃《に》げてっちゃった」

「そうか、いいよ、そっちはいい。それよりいまは、パグシーだ。助けなくっちゃ」

パグシーは、ぐったりと道路に横たわっていた。意識《いしき》がない。マイロンは、パグシーを両手でそうっとかかえあげると、三キロとちょっと歩いて獣医《じゅうい》のところへ連《つ》れていった。デイナは、ひくひく泣《な》きながら、ならんで歩いてついてきた。

「だいじょうぶだよ」マイロンは、しょげてるデイナをなぐさめた。「パグシーはまた元気になる」そうは言ったが、ほんとうは、よくなってくれるかしらと心配だった。

パグシーを獣医《じゅうい》のところにあずけてから、マイロンは、歩いてデイナを家まで送り、そうしてようやく、自分の家へもどっていった。

そのマイロンに、デイナはうっかり、ありがとうを言わずにいた。パグシーのことで頭がいっぱいだったから。でも、マイロンは気にしちゃいない。これがほんとの、学級委員の仕事だよ、そう思った。

あくる朝――。

マイロンは、学校へ行くまえにデイナの家に寄《よ》ってみた。パグシーはもどっていた。元気そうだ。

デイナになでられ、パグシーはデイナの顔をぺろぺろなめた。

「ほら見て、マイロン、もうだいじょうぶ」デイナは言った。「獣医《じゅうい》さんがね、手遅《ておく》れになる一歩手前だったって。助かったのは、あなたのおかげよ」

「やあ、パグシー」と声をかけて、マイロンも犬の頭をなでてやった。

がぶり。マイロンは、手をかまれてしまった。

「パグシーったら、マイロンのこと知らないのよ」デイナが言った。「きのう助けてもらったとき、この子、気を失《うしな》ってたから」

デイナのお母さんが、マイロンの手に薬をぬって、ばんそうこうを巻《ま》いてくれた。お母さんは、学校まで、ふたりを車で送ってくれた。

遅刻《ちこく》だった。マイロンとデイナは、〈三十階クラス〉まで階段《かいだん》をかけあがった。ところが、おや？　教室は暗いまんまだ。

「いまごろあらわれるとはね、マイロン」うす暗がりから、ミセス・ジュールズの声がした。「おかげで明かりがないままよ」

「だれかかわりに、つけてくれればよかったのに」マイロンは思わず言った。

「学級委員はあなたでしょ？」ミセス・ジュールズに言いかえされた。「マイロン、スティーヴンに明かりのつけかたを教えてあげて。きょうから、スティーヴンが学級委員です」

マイロンは、スティーヴンの前で、スイッチを入れてみせた。パチン。

その日の放課後《ほうかご》、こんどは、スティーヴンの前で、スイッチを切ってみせた。パチン。

一週間して、スティーヴンはようやくコツをのみこんだ。いまや、りっぱな学級委員だ。教室の明かりは、毎朝きちんとついている。

マイロンは、一日きりの級長だった。が、ウェイサイド・スクール始まって以《い》来《らい》の、もっともりっぱな級長だった。そのことを、だれも知らずにいるけどね。

MAURECIA
9 モーレツア
PURE ALUMINUM

モーレシアはアイスクリームが大好《だいす》きだ。かわいらしい子で、〈三十階クラス〉では、腕《うで》っぷしがいちばん強い。男の子がかかっていっても、ぶちのめしてしまうほどだ。モーレシアを、みんな、とても好いている。ま、キャシーだけはちがったけれど。なにしろキャシーは、あの子も嫌《きら》い、この子も嫌い、みんな嫌いなのだった。で、モーレシアはといえば、好きなのはアイスクリームだけだった。

毎日毎日、学校に、モーレシアはコーンに入ったアイスクリームを持ってきて、お昼になるまで机《つくえ》のなかに入れておく。ところが、少々、飽《あ》きっぽい。チョコレート・アイスクリームにはすぐ飽きた。かわりに、バニラ味のを持ってきはじめ、けれどもそれにも飽きてしまって、いちご味のに、それにも飽きてキャラメル味に、それにも飽きてバタービーカン、こんども飽きてピスタチオ、またまた飽きてバーガンディー・チェリーにと、種類《しゅるい》がつぎつぎ変《か》わっていった。

そうしてとうとう、えらいことになってしまった。モーレシアは、どのアイスクリームにも飽きてしまったのだった。そのころには、机のなかはひどいことになっていて、しまってあるものなにもかも、とけたアイスでべとべとだった。

モーレシアを、みんな、とても好《す》いている。なのにいま、モーレシアには、好きなものが、ただのひとつもなくなった。

モーレシアはしょげてしまった。ミセス・ジュールズは、モーレシアのそんな顔を、見るのがとてもつらかった。

「ジュールズ先生、どうしてですか?」モーレシアはべそをかいた。「もう、おいしいものがないだなんて」

そこでミセス・ジュールズは、その晩《ばん》、家でがんばった。朝までかけてがんばった。そして、モーレシアになめさせようと、学校に、新しい味のアイスクリームを持ってきた。〝モーレシア風味〟のアイスクリームだ。みんなもぜったい、おいしいって言うはずよ――ミセス・ジュールズは自信たっぷり、そう思った――だって、みんな、モーレシアが大好きだもの。

「はい、どうぞ」ミセス・ジュールズは、モーレシアにアイスクリームをさしだした。「〝モーレシア風味〟のアイスクリームよ」

みんながまわりに集まってきた。モーレシアがおいしいって言うといいな、と、だれもが思った。

モーレシアは、〝モーレシア風味〟のアイスクリームをぺろりとなめた。

「どう？」ミセス・ジュールズがのぞきこんだ。

モーレシアは、またぺろりとなめた。

「どう？」クラスのみんなも、のぞきこんだ。

「ぜんぜん味がしないわ」モーレシアは言った。「まずくはないけど、おいしくもない。なんの味もしないんだもん！」

これは胸《むね》にぐさりときた。ミセス・ジュールズはしょげてしまった。

「じゃ、ちょっとぼくになめさせてよ」トッドが言って、ぺろりとなめた。「えっ、どうかしてるよ、モーレシア！　こんなにおいしいアイスクリーム、ぼく、はじめて食べた！　ほら、なめてみろよ、ディーディー」

「うううううううう！　おいっしい！　すっごくあまくてクリーミー！」

ディーディーはのけぞった。

どれどれ。みんなも味見がしたい。〝モーレシア風味〟のアイスクリームは、手から手へとまわされた。

「わあ、おいしい！」レスリーが声をあげた。

「まっずーい」と言ったのは、もちろん、キャシーだ。

「どういうこと？」モーレシアは首をかしげた。「あたしには、ぜんぜん味がしないのに」

ミセス・ジュールズは、てのひらで自分のほっぺをぺちんと打った。

「あらまあ、わたしとしたことが……。大きなまちがい、しでかしたわ。ねえ、モーレシア、味がしなくて当然《とうぜん》よ。だって、〝モーレシア風味〟のアイスクリームなんですもの。口になんにも入ってないとき、あなたの舌《した》が感じているのとおんなじ味ってことなのよ」

そこで、あくる日、ミセス・ジュールズは、〝ジョー風味〟のアイスクリームをこしらえてきた。モーレシアは、おいしいと言った。ほかのみんなも、おいしいと言った。ジョーだけは、なんの味もしないけどな、とひそかに思った。

モーレシアを、だれもがとても好《す》いている。いま、モーレシアが好いているのは、ひとりきり。ジョーだった。

そして、つぎの日、ミセス・ジュールズは、〝ロン風味〟のアイスクリームを持ってきた。みんな、おいしいと言った。ロンだけは、なんの味もしないけどな、とひそかに思った。

モーレシアを、だれもがとても好《す》いている。いま、モーレシアが好いているのは、ふたりだけ。ジョーとロンだ。

そして、ひと月たつころには、ミセス・ジュールズは、新しい味のアイスクリームを、一日につき一種類《しゅるい》、ぜんぶで二十七種類、こさえて持ってきてくれた。クラス全員、だれかしらの味がするアイスクリームだ。

モーレシアを、だれもがとても好い

ている。そしていま、モーレシアも、みんなをとても好《す》いていた。どの子の風味のアイスクリームも、とてもおいしかったから。ただし、キャシーはべつだった。〝キャシー風味〟のアイスクリームは、どことなく、賞《しょう》味《み》期《き》限《げん》切《ぎ》れボローニャソーセージの味がした。

でも、みんなは言った。〝モーレシア風味〟のが、やっぱりいちばんおいしいね、と。

モーレシアだけは、〝トッド風味〟がいちばん好き、と言ったけれども。

それでちょっとこまったことになってしまった。モーレシアときたら、あの特《とく》別《べつ》風《ふう》味《み》が忘《わす》れられずに、ときどきふいに、トッドの腕《うで》をかじろうとする。

PAUL
10
ポール

ポールは、〈三十階クラス〉の特等席《とくとうせき》にすわっている。なにせ、いちばん後ろの席だ。ミセス・ジュールズからいちばん遠い席ってことだ。

いま、ミセス・ジュールズは、分数について教えている。黒板にパイの絵を描《か》き、それを八つに切りわけた。そして言った。

「ひと切れが、パイの八分の一に当たります」

ポールはぜんぜん聞いてなかった。パイの絵なんぞ見ちゃいない。黒板もなんにも見ちゃいない。

いや、見ているものがひとつある。

正確《せいかく》にいえば、ふたつ、だな。

ポールはいま、レスリーの二本のおさげを見つめていた。

　レスリーはポールの前にすわっている。
茶色の髪《かみ》が二本のおさげにしてあって、
　腰《こし》まで長くたれている。
その二本のおさげを見つめるうちに、ポー

ルは――やばい！――むずむずしてきた。

　こいつをぐいとひっぱりたい。片手《かたて》で強くにぎりこみ、髪《かみ》の毛を指に感じて、えいっとひっぱりおろしたい。

　おさげとおさげをむすぶってのもおもしろそう。いや、椅子《いす》にゆわえてしまうほうが、ゆかいかも……。でも、それよりやっぱり、どっちかひとつ、むんずとつかんでひっぱりたい。

　ポールは片手を、右のおさげへ、そろりとのばした。

　やめろったら！　おまえいったいなにする気だよ――と、うちなる声がささやいた――こまったことになるだけじゃんか。

　ポールの席《せき》は、言うことなしの位置《いち》にある。いちばん後ろで、だれのことも気にならないし、みんなもこっちを気にしちゃいない。けれども、おさげをひっぱったら、それで最後《さいご》だ。レスリーに言いつけられて、クラスの視線《しせん》が、ぜんぶこっちにむけられる。

ポールはふうと息を吐《は》き、のろのろと、のばしかけた手をひっこめた。

それでも、やっぱり、見ないではいられなかった。なにしろ二本のおさげときたら、目の前にぶらさがってて、ほらほら早くひっぱってよ、と、誘《さそ》いかけてくるようなのだ。目をつぶってても、消えてくれない。鼻につんとにおってくる。おさげの音も聞こえてくる。おさげの味まで、口にひろがるほどだった。

ちょっとひっぱるだけならいいか……と、ポールは思って、けれどもすぐに自分をしかった。だめだめだめだめ。

それでも二本のおさげときたら、手をのばせばすぐのところに、だらんとぶらさがっている。

勝手《かって》にぶらさがってりゃいいじゃないか！　ポールは心につぶやいた。

いくらうずうずむずむずするからって、人のおさげをひっぱるなんてばかげてる。そんなこと、クラスのだれも、しやしない。なのにどうして、自分はこんなにうずうずするか。そりゃあそうだ、ほかの子は、レスリーの後ろにすわってなんかいないのだ。

頭をきっちり働《はたら》かせればいいんだよ。それだけのこと、それだけの話。と、ポールは自分に言い聞かせ、で、頭をきっちり働かせた。よーく考えたってことだ。よし、やめた。ひっぱるもんか。なあんだ、かんたん。

ところが、いきなり手がのびて、ほんとに勝手《かって》に手がのびて、右のおさげをむんずとつかむや、そのままぐいとひっぱった。

「キャアアアアアア！」レスリーの悲鳴があがる。

クラスのみんなが、いっせいにレスリーを見た。

「ポールが、あたしのおさげ、ひっぱったあ！」

クラスの視線《しせん》が、ぞろりとポールに集まった。

「だって、ぼく……どうしようもなくってさ。うずうずしてきて」ポールは、小さくなって言《い》い訳《わけ》した。

「うずうずに負けない人にならなくてはね」ミセス・ジュールズがぴしゃりと言って、黒板の〈反省《はんせい》〉の下に、チョークでポールの名前を書いた。「レスリーにあやまりなさい」

「ごめんよ、レスリー」ポールはすなおにあやまった。

「むううう」レスリーは低《ひく》くうなった。

ポールはみじめな気分だった。そこで誓《ちか》った。もう二度と、おさげなんてひっぱるもんか！

けれども、ひとつ、こまったことが……うずうずはまだ、消えてくれてはいなかった。右のおさげ、それだけでは満足《まんぞく》できない。左のおさげもひっぱりたい。

左のおさげのささやく声が、ひそひそと、聞こえてくるかのようだった。

「ひっぱってよ。ねえねえ、ポール、あたしのこともひっぱって」

「できないよ」声には出さずに、ポールは答えた。「もう、〈反省《はんせい》〉んとこに、名前を書かれちゃってるもん」

「だからなによ」と、左のおさげはねばってくる。「ねえ、ひっぱって」

「だめだってば。も一度なんて、できっこない」

「ねえ、ほら、ポール、ちょっとでいいの、ひっぱって」左のおさげは言いはった。「ちょっとぐらいならだいじょうぶ」

「だいじょぶどころか、レスリーにキャアアアとか言われて、ぼくまた、みんなににらまれちゃう」

「なによ、そんなの不公平《ふこうへい》」左のおさげは泣《な》き声《ごえ》だ。「右のおさげをひっぱったじゃない。こんどはあたしの番でしょう？」

「わかってるけど、むりだってば」

「むりじゃないってば。ちょっとにぎってひっぱるだけよ」

「だから、だめ。そういうわけにはいかないよ」

「いくってば。あのね、ポール、おさげって、ひっぱるようにできてるの。そのためにあるんだから」

「じゃ、レスリーにそう言ってくれよ」

「レスリーは、ひっぱられても気にしない。ほんとにほんと。約束《やくそく》する」

「そうだろな。さっきだって、ぜんぜん気にしなかったよな」

「中途半端《ちゅうとはんぱ》にひっぱるからよ。レスリーは、力いっぱいひっぱられるのが大好《だいす》きなの」

「え、ほんと？」ポールはちょっとその気になった。

「誓《ちか》ってほんと。ひっぱるなら思いっきりよ。強ければ強いほどいいんだから」

「よし」と、ポールは、百パーセントその気になった。「けど、もしもうそだったりしたら……」

「だから、誓ってほんとだってば」

そこでポールは、左のおさげをむんずとつかんだ。てのひらにあたるこの感じ。気っ持ちいい。あらんかぎりの力をこめて、えいっと、ポールはひっぱった。

「キャアアアアアアアアアアアアア！」レスリーの悲鳴があがる。

「ポール！」ミセス・ジュールズの声が飛《と》んだ。「またひっぱったの？」

「いえ、さっきのやつじゃありません。もう片《かた》っぽのほう」

みんな、どっと笑《わら》った。

「漫才《まんざい》でもやってるつもり？」ミセス・ジュールズはにらんできた。

「ちがいます。ぼく、不公平《ふこうへい》にならないようにしただけです。右のおさげをひっぱったから、左のおさげもひっぱってやらなくっちゃ」
また、どっと笑《わら》いが渦巻《うずま》いた。
「おさげって、ひっぱるようにできてんだよ。そのためにあるんだから」ポール
は胸《むね》をそらした。
ミセス・ジュールズは、〈反省《はんせい》〉の下の、ポールの名前の横っちょに、チョー
クでチェックマークをつけた。
右も左もひっぱって、ポールはようやくせいせいした。そりゃ、〈反省〉の下
に名前を書かれ、チェックマークまでついている。でも、どうってことない。ま
だ、ツー・ストライクだ。あとはもう、ただおとなしくしてればいい。午後の授《じゅ》
業《ぎょう》が終わったら、黒板の名前は消してもらえる。なにしろここは、いちばん後ろ
の特等席《とくとうせき》だ。息をひそめているのなんて、かーるいかるい。
おっ！　ポールは、いいこと思いついた。毎日、この手を使えるな。レスリー
の右のおさげをひっぱって、左のおさげもひっぱって、で、あとはおとなしくし
てりゃあいい。レスリーは、なんにもできやしないぞ。

と、そのときだ。

「キャアアアアアア！」いきなり、悲鳴があがった。レスリーだった。

ミセス・ジュールズは、黒板のポールの名前を丸でかこんだ。スリー・ストライク。アウトだ。ポールは、幼稚園《ようちえん》の送迎《そうげい》バスで、早くに家へ帰された。

「二回だけです。三回なんてやってません」と、ポールがいくら訴《うった》えても、だれも信じてくれなかった。

DANA 11 デイナ
FALCON
PURE ALUMINUM
3+3=
5+2=
6-2=
49

デイナは、四つの美しい目を持っている。めがねをかけているからね。顔についてるふたつの目があんまりきれいなもんだから、めがねをかけると、デイナはますますかわいくなる。目がふたつきりでもかわいいけれど、四つだともっとかわいい。六つだったら、べっぴんさんになるはずだ。もし、百個《こ》あって、顔も腕《うで》もそして足も目だらけなら、デイナは、それこそ、絶世《ぜっせい》の美女ってことになるだろう。

ところが、残念《ざんねん》。頭のてっぺんから足の先までデイナの体をおおっているのは、美しい目ではない。蚊《か》——mosguito《モスキート》——に食われた跡《あと》だ。

「はい、みなさん」と、ミセス・ジュールズが、教壇《きょうだん》でものさしを手にして言った。「算数の授業《じゅぎょう》をはじめます」

「ううっ、だめです、ジュールズ先生」デイナは言った。「あたし、いま、算数なんてできません。体じゅう、かゆくてかゆくて、集中できない……」

「あら、算数にもいろいろあってよ」ミセス・ジュールズはすずしい顔だ。「くりあげなしの足し算に、くりあげありの足し算に、足し算なしのくりあげも」

「そんなの関係《かんけい》ない！」デイナはさけんだ。

「それもあるわよ、〝関係ない〟の足し算も。さあ、くどくど言わない。泣《な》き言《ごと》の足し算ごっこは、もうたくさん」

デイナは半べそかいて訴《うった》えた。「むりです。だって、かゆくてかゆくて」

「ぼくはのどがかわいてかわいて」DJ《ディージェー》がちゃちゃを入れた。

「おいらは体がだるくてだるくて」ロンもはやした。

「おれは腹《はら》がへってへって」これはテレンス。

「ぼくはおつむが弱くて弱くて」トッドだった。

ミセス・ジュールズは、手にしたものさしで教卓《きょうたく》をぴしゃりと打った。みんな、ぴたりと口をつぐんだ。

「ほらほら、授業《じゅぎょう》をはじめますよ」ミセス・ジュールズは、クラスのみんなを見まわした。「もう、ひとことだって、文句《もんく》は聞きたくありません」

「でも、ジュールズ先生、あたし、ほんとにかゆいんです」

デイナはしくしく訴《うった》えた。「算数なんてできません」

「だいじょうぶ。算数は、知る人ぞ知る、かゆみの特効薬《とっこうやく》なのです。デイナ、あなたに質問《しつもん》よ。虫食《むしく》い跡《あと》はいくつある？」

「さあ……。百個《こ》よりもっとあると思います。ひとつかくと、べつのがかゆくなってきて、で、そっちをかくと、またべつのがかゆくなってきて、で、それをかくと、またまたべつのがかゆくなって、で、最初《さいしょ》のやつがも一度かゆくなってきて……かゆいのがあっちこっちにどんどん移《うつ》ってゆくんです。かいてもかいても、どっかがかゆくなるんです」

「それなら、やっぱり算数ね。このお薬は効《き》きめがすごいの。強力よ」ミセス・ジュールズは、自信たっぷり、言いきった。

「算数より、カラミン・ローションがほしいな」デイナは言った。

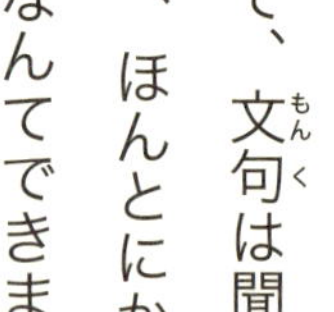

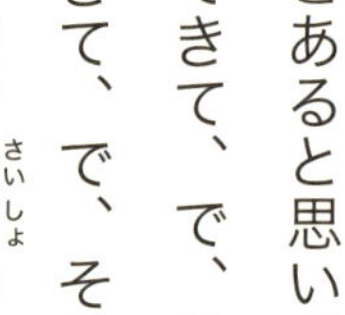

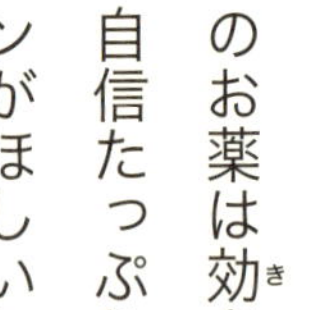

「あのね、デイナ」ミセス・ジュールズは、声の調子をあらためた。「虫食《むしく》い跡《あと》はかゆいけど、数字はかゆくありません」

「は？」と、デイナは聞きかえした。

「ですから、あなたの虫食い跡を、数字に変《か》えてあげればいいの」

「はあ？」デイナはうめいた。なにがなんだかわからない。

するとミセス・ジュールズは、虫食い跡を、ほんとに数字にしていった。

「問題。〈**3**虫食い〉足す〈**3**虫食い〉は、いくつでしょう」

ロンディが手をあげた。「〈**6**虫食い〉です」

「では、〈**6**虫食い〉引く〈**2**虫食い〉は？」

「〈**4**虫食い〉です」DJ《ディージェー》が答えた。

「では、〈**5**虫食い〉に2を掛《か》けると？」

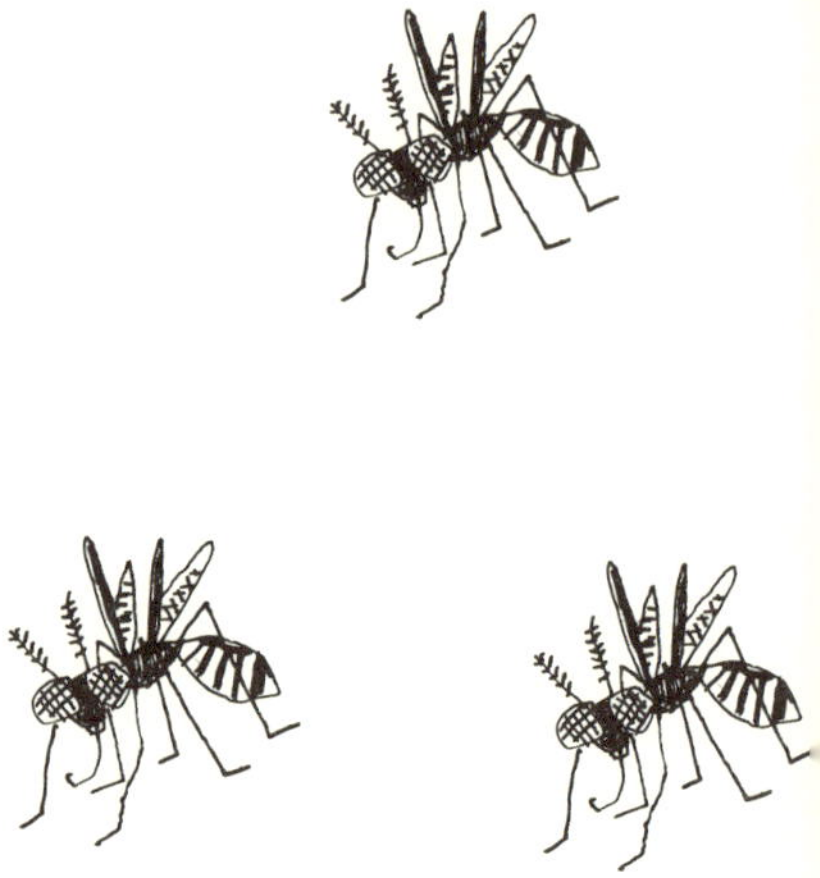

「〈**10**虫食い〉です」べべが答えた。

「よくできました」ミセス・ジュールズは満足《まんぞく》そうだ。

「あたし、やっぱりかゆいです」デイナは、も一度、訴《うった》えた。

「では、もうひとつ、問題です」ミセス・ジュールズは、クラスのみんなを見まわした。「〈**49**虫食い〉足す〈**75**虫食い〉は、さあ、いくつでしょう」

こんどは、だれも手をあげない。

「みなさん、よく考えて。デイナのためよ」

考えたけど、どの子も答えがわからない。

デイナは体のあちらこちらが、ますますかゆくなってきた。それでとうとう、虫食《むしく》い跡《あと》を数えはじめた。一個《こ》、二個……体の片側《かたがわ》に七十五個、もう片側には、ぜんぶで四十九個ある。で、足してみた――両側合わせて、百と二十四個だ。

「〈49虫食い〉足す〈75虫食い〉は、〈124虫食い〉です」デイナは答えた。高らかに。

「大正解《だいせいかい》」ミセス・ジュールズはにっこりした。

デイナの体の虫食《むしく》い跡《あと》は、これですっかり数字に変《か》わった。どの虫食いも、ぜんぜんかゆくなくなった。

「ぼくはまだ、のどがからから」DJ《ディージェー》が言った。「算数で、なんとかならないんですか？」

「おいらもまだ、くったくただよ」ロンが言った。

「おれもまだ、おなかぺこぺこ」これはテレンス。

「ぼくもまだ、おつむ、からっぽ」トッドだった。

「それにしても、数字で助かっちゃったな」デイナは胸《むね》をなでおろした。「アルファベットに変えるんだったら、アウトだったわ。〈モスキート〉って、あたし、つづれないのよね」

Jason
12
ジェイソン
ILLINOIS PURE
ALUMINUM Co.
R.O CO

ジェイソンは、小さな顔して、口はでかい。ミセス・ジュールズのクラスでは、二番めにでかい口だ。このクラスには、口のでかいおしゃべりが、じつは山ほどいるんだけどね、そのなかの二番手なんだ。

で、ある日の授業《じゅぎょう》のまっさいちゅう――。

「ジュールズ先生」ジェイソンは、手をあげないでいきなり言った。「ジョイがチューインガムをかんでます！」

ジョイは、クラスでいちばん口がでかい。そのでっかい口に、チューインガムをほおばっていた。ほおばりすぎて、舌《した》の置《お》きどころもないほどだ。

「ジョイ、先生はあなたのことを恥《は》ずかしく思いますよ」ミセス・ジュールズは言った。「黒板に名前を書くしかなさそうね」

「いいですいいです、ぼくが書きます！」おしゃべりジェイソン、浮《う》かれて元気に椅子《いす》を立ち、〈反省《はんせい》〉の下に、チョークでジョイの名前を書いた。

そのすきに、ジョイはなにをしたろうね？ ガムのかたまりをでっかい口から取りだして、ジェイソンの椅子に張《は》りつけた。

ロンディとアリソンがくすくす笑《わら》った。

ジェイソン、ごきげん。自分の席《せき》にもどってきた。が、すわったとたん、さけんだ。

「先生！　ぼく、くっついちゃった！」

ロンディとアリソンが、またくすくす笑った。

「ジョイ！」ミセス・ジュールズは、なにが起きたかすぐに気づいた。おかんむりだ。「あなたにはきょう、幼稚園《ようちえん》の送迎《そうげい》バスで、早めに帰ってもらいます」

「わ、うれしいな」トッドがひそかにつぶやいた。「きょうは、ぼくひとりじゃないや」

なにしろトッドは、幼稚園の送迎バスで、毎日、家に帰される。お昼の十二時になるまえに、どうがんばっても、三回、注意を受けてしまう。きょうはまだ、〈反省《はんせい》〉の下に、名前を書かれてすらいない。が、トッドにはわかっていた。正午までに、名前を書かれ、その脇《わき》にチェックマークをつけられて、そして最後《さいご》に、名前を丸でかこまれる、と。

「ジュールズ先生！　ぼく、どうしよう」ジェイソンはキーキー言った。「くっついちゃった！　このまま一生、ここでこうしていなくちゃなんない！」

「ジョイ、ジェイソンにあやまりなさい」ミセス・ジュールズはジョイをにらんだ。

「ごめんね、ジェイソン」ジョイはすなおにあやまった。

「いいんだ、ジョイ」ジェイソンは許《ゆる》してやった。「どうってことない」

「がんばって、立ってごらんなさいな、ジェイソン」ミセス・ジュールズがうながした。

ジェイソンは、椅子《いす》から立とうとがんばった。「むりです、先生。くっついちゃってる」

そこでミセス・ジュールズは、エリック三人に助けを求《もと》めた。エリック・ベーコンが椅子を押《お》さえ、エリック・オーヴンズ、エリック・フライが、くっついちゃってるジェイソンを、ふたりでいっしょにひっぱった。

「やめてくれ！」さけぶジェイソン。「ズボンがやぶける」

ロンディとアリソンがくすくす笑《わら》った。

「いいわ、それじゃ、氷水をためしましょ」先生は言った。「そうすれば、ガムが凍《こお》って、べとべとしなくなるはずよ。ちょっとマッシュ先生のとこへ行ってくるわね。氷水をもらってきます」

ミス・マッシュは、ウェイサイド・スクールのランチ係の先生だ。生煮《なまに》えなのに煮えすぎという、おどろくべき料理《りょうり》をつくる。得意料《とくいりょう》理《り》は、ふうふう熱《あつ》い〈どろんこ鍋《なべ》〉だ。ミス・マッシュは、〈おじや〉と呼《よ》んでいるけれど。

ジェイソンは、ロンディとアリソンをちらと見た。そして言った。

「ジュールズ先生、行かないで。マッシュ先生の氷水は、ぬるま湯なんじゃないかな」

「ぬるま湯のわけないでしょう？　マッシュ先生のスープぐらいには冷《つめ》たいは

ずよ」

ロンディとアリソンが、横目づかいにジェイソンを見た。

「お願《ねが》い、先生、行かないで！」ジェイソンは必死《ひっし》だった。

「すぐにもどってきますよ、ジェイソン」そう言いおいて、ミセス・ジュールズは、ミス・マッシュのところへ氷水をもらいに行った。

ミセス・ジュールズが教室を出るが早いか、ロンディとアリソンが、ぱっと立ってやってきた。

こちょこちょこちょ。ジェイソンをくすぐりはじめた。

ジェイソンは笑《わら》って笑って、髪《かみ》がむらさきになった。

ミセス・ジュールズがもどってきた。と見るが早いか、ロンディとアリソンは、すまして自分の席《せき》に着いた。

ミセス・ジュールズは、大きなバケツに氷水を持ってきた。

「やだ、やだ、やめて、お願いです！」ジェイソンは青くなった。

「こうするしかないのよ、ジェイソン」ミセス・ジュールズは、バケツの水をジェイソンにざばっとかけた。「よしと。それじゃ、立ってみて」

ジェイソンはずぶぬれだった。「びしょびしょで、ぼく、凍《こご》えそう。まだくっついてます！」

「あらあ、うまくいかなかったわ」ミセス・ジュールズはつぶやいた。「でも、ためすだけはためしたものね。ということは……ズボンを切るしかなさそうね」

ロンディとアリソンがくすくす笑《わら》った。

「いやです、先生、お願《ねが》い、やめて！」ジェイソンは声をかぎりに訴《うった》えた。「くっついたままでいいです、ほんと。すんごく居心地《いごこち》いいですから」

「いいわけないでしょ、ジェイソンくん」ミセス・ジュールズは取りあわない。

「ズボンを切ったりしないで、お願い！」ジェイソンは一生けんめい訴えた。

「エリック三人に、トイレまで椅子《いす》ごと運んでもらいましょ」ミセス・ジュールズは、かまわず言った。「で、ルイスせんせにちょっと頼《たの》んで、お母さんにお電話してもらうわね。替《か》えのズボンを持ってきてもらいましょうよ」

エリック三人が、ジェイソンを椅子ごと持ちあげ、さかさにした。

「やめて、先生！」ジェイソンは死にものぐるいだ。「ぼく、このままがいい。そうすれば、いつでもすわっていられます。バスでだって、すわれるかなって、席《せき》の心配しなくてすむ！」

エリック三人はジェイソンを運びはじめた。

そのときだ。

「待って」ジョイが呼《よ》びとめた。「ジュールズ先生、提案《ていあん》です。ジェイソンのこと、もしも椅子から離《はな》してあげたら、それでもあたし、幼稚園《ようちえん》の送迎《そうげい》バスで帰らなくっちゃいけませんか？」

「いいでしょう。ジェイソンを、椅子から自由にしてあげたら、早退《そうたい》しなくてよくってよ」

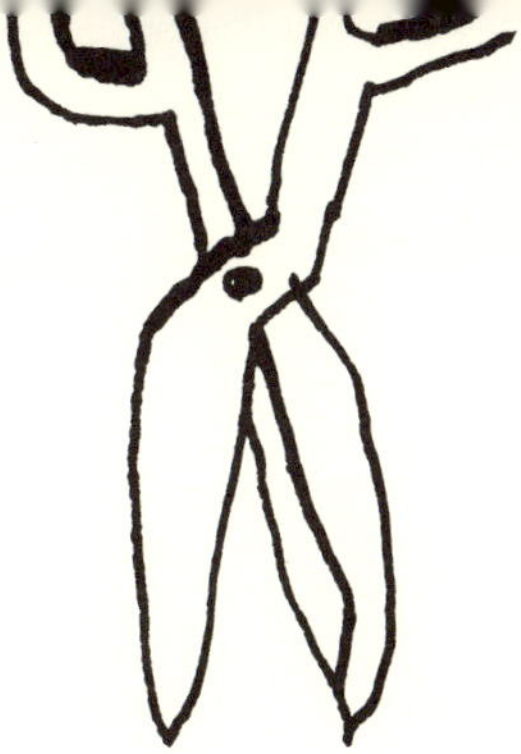

「先生、先生！　ジョイの言うこと信じちゃだめだ！」さかさにぶらさがったまま、ジェイソンはすがる思いでお願《ねが》いした。

「キスするだけです」先生に、ジョイは言った。

「やだ！」ジェイソンは泣《な》きさけんだ。「お願い、先生、こいつにキスなんかさせないで。水、ぶっかけてくれていい。くすぐってくれてもいい。ズボンを切ってくれてもいい。天井《てんじょう》からさかさ吊《づ》りにしてくれたってかまわない。けど、こいつにキスされるのはヤだ！」

「鼻のあたまにキスするだけです」ジョイは言った。

「ためしたからって、失《うしな》うものはなにもない。そうよね、ジェイソン？」ミセス・ジュールズ、冷《つめ》たく言った。

「おええ、ジェイソンにキスなんて、だれもしたかぁないわよっ！」アリソンだった。

ジェイソンは、もうどうすることもできなくて、さかさまに、ぶらーんとぶらさがっていた。

ジョイがそばに寄《よ》ってくる。鼻のあたまにキスされた。

ジェイソンは椅子《いす》から落ちた。ゴツン、と床《ゆか》で頭を打った。

ロンディとアリソンがくすくす笑《わら》った。

「あ～あ」トッドがため息ついた。「また、ひとりで帰んなきゃなんないや」

ジョイは、〈反省《はんせい》〉の下の自分の名前を、黒板消しでひとふきした。

Rondi
13
ロンディ

ロンディは、二十二本の美しい歯を持っている。ほかのみんなは、二十四本、生《は》えているのに、ロンディだけなぜ二十二本かというと、前歯が二本、ぬけてるからだ。そのぬけてる前歯が、二十二本のどの歯よりも、美しい。

「あなたの前歯は、ほんとにかわいらしいわね」ミセス・ジュールズがほめてくれた。「あなたをいっそうチャーミングに見せてくれるわ」

「でも、先生、あたしの前歯、ぬけてます」ロンディは言った。

「ええ、そうね。ぬけてるからこそ、かわいらしいの」

ロンディは、はてなと首をひねった。

「ううう、ロンディ。あんたのその二本の前歯、だーい好《す》き」モーレシアもほめてくれた。「そんな前歯が、あたしもほしい」

「でも、あたしの前歯、ぬけてるよ」ロンディは言った。

「だから、大好きなんだってば」と、モーレシアも言うのだった。

「そんなのへんよ」ロンディはついに言いかえした。「ぬけてる前歯がかわいいよって、みんな言うけど、じゃあ訊《き》くわ。あたしのコート、どう思う？　着てないコートよ。すてきだなって思わない？　あたしの三本めの腕《うで》は？　生《は》えてなんかない腕よ。すてきだなって思わない？」

「あたしはあんたの帽子《ぼうし》が好《す》き」と、ジョイが言った。

「帽子なんてかぶってないもん！」ロンディはさけんだ。

「だから、おもしろいんだってば」ジョイは言った。「レスリー、あんたもそう思わない？」

「うん、思う」レスリーはうなずいた。「すてきな帽子。ブーツもすてき」

「ブーツなんて、はいてない！」ロンディはきっぱり言ってやった。

「ほんと、すてきなブーツよね」と、またまたジョイだ。「帽子とお似合《にあ》い」

「なんの帽子よ！」ロンディは挑《いど》んだ。

「うん、ほんと」と、こんどはレスリー。「ロンディは趣味《しゅみ》がいいわよね。ないない帽子にないないブーツ。すごくすてきな取り合わせ」

ロンディはもううんざりだった。で、両手で頭をおおった。帽子を見られないように。机《つくえ》の下に足を隠《かく》した。ブーツを見られないように。そして口をぎゅっと

むすんだ。二本の前歯を、だれにも見られないように。

と、まわりから、急に笑《わら》いが起こった。

「なにがそんなにおかしいの？」離《はな》れた席から、トッドがたずねた。

「ロンディの言わないじょうだんが」ジェイソンが答えた。

「『も一度じょうだん言わないで』って、ロンディに頼《たの》んでみろよ、トッド」カルヴィンが言った。

「ねえ、ロンディ」トッドは言った。「も一度じょ

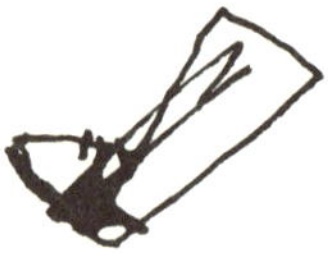

うだん言わないで」

ロンディはこわくなってきた。どうしていいかわからない。口をいよいよきつくむすんで、トッドをにらんだ。すると、どうだ。トッドまで笑《わら》いだした。

「ねえ、みんな」笑いながらトッドは言った。「ロンディのじょうだん、聞いてごらんよ」

ロンディは口をむすんだままだ。ひとことだって発していない。なのに、だれもが笑いだした。

「授業中《じゅぎょうちゅう》にじょうだんを飛《と》ばさないこと」ミセ

ス・ジュールズはおかんむりだ。〈反省《はんせい》〉の下に、チョークでロンディの名前を書いた。

「でも、先生。あたし、じょうだんなんて飛《と》ばしてません」ロンディは言った。

「わかってますよ。でもね、ロンディ、口にされないじょうだんほど、おかしなじょうだんはなくってよ」

「へええ、そういうことだったら――」ひらきなおってロンディは言った。「お望《のぞ》みどおりにしてあげます。ほんとに、じょうだん飛ばします。そうすれば、授《じゅ》業《ぎょう》のじゃまにならないはず。で、あしたは、ブーツをはいてきます。それから帽《ぼう》子《し》もかぶってきます。はいていない、かぶっていないきょうのブーツや帽子ほど、みんなも興味《きょうみ》ないはずだもの。でも、いまはとにかく、急いでじょうだん飛ばします。みんなが笑《わら》いださないうちに」

そしてロンディは、笑い話をはじめた。

「バナナの木に、サルが一匹《ぴき》、すわってました。サルはおなかがぺこぺこでした。この木のどこかに、一本だけ、魔《ま》法《ほう》のバナナが生《な》っています。それを食べれば、もう二度と、おなかがすかずにすむのです。そこでサルは、バナナを一本、食べました。魔法《まほう》のバナナじゃありません。おなかはまだまだすいています。もう一本、食べてみました。これも、はずれ。まだまだおなかがすいています。つぎつぎ食べて、そうしてついに十本め、おなかいっぱいになりました。『やっぱりあったよ、魔法のバナナ』サルはつぶやいたのでした。『最初《さいしょ》にこれを食べてりゃな。九本もむだにしなくてすんだのに』

だれも笑《わら》わない。笑い話を聞いてすらいないのだった。ミセス・ジュールズはといえば、せっせと算数を教えている。みんなも、それを一生けんめい聞いている。あたし、夢《ゆめ》でも見ているの？　ロンディはほっぺを、平手でぴしゃりと打ってみた。夢じゃなかった、現実《げんじつ》だ。

ベルが鳴った。休み時間だ。ロンディは外へ走りでた。なんかもう、むっちゃくっちゃな気分だった。

「どうした、ロンディ？」ルイスせんせが、ロンディに声をかけてきた。「しかめっつらして。ほら、笑えったら。かわいらしいきみの前歯を見せとくれよ」

「キーッ！」と、金切《かなき》り声《ごえ》があがった。ロンディはルイスのみぞおちに、げんこを一発おみまいすると、ぬけてる前歯で、腕《うで》にもかぷりとかみついた。ない歯でかまれる、これほど痛《いた》いものはない。

SAMMY
14

おそろしくヤなにおいのする雨の日だった。雨降《あめふ》りでも、楽しくてわくわくする日もあるけれど、きょうはちがった。きょうはとにかく、くさかった。どの子もみんなぬれていて、レインコートがぷんぷんにおう。教室はいやなにおいでいっぱいだ。

「ううう、この部屋《へや》、くっさーい！」モーレシアが文句《もんく》を言った。

みんな思わず笑《わら》ったけれど、モーレシアの言うとおりだ。ほんとにくさい。

それでも、ひとつ、いいことがある。新しい子がやってきた。男の子だ。転校生には、みんないつでも興味津津《きょうみしんしん》。ただし、この子は、ようすがへんだ。どんな顔してどんな姿《すがた》をしてるのか、それすら、だれにもわからない。レインコートにすっぽり埋《う》もれているんだよ。

「みなさん」ミセス・ジュールズが言った。

「紹介《しょうかい》します。サミーよ。わたしたちのすてきなクラスへようこそって、みんなで歓迎《かんげい》しましょうね」

そこでさっそくレスリーが、歩みよってほほえんだ。ところが、笑《え》みはたちまち消えて、レスリーは顔をしかめた。

「やだ、くさい」

「レスリー！」ミセス・ジュールズの声が飛《と》んだ。「新しいおともだちに、そんなごあいさつはないでしょう？」と、しかりつけて先生は、黒板の〈反省《はんせい》〉の下に、レスリーの名前を書いた。

「でも、先生。この子、ほんとにくさいんです」レスリーは言った。「ひっどいにおい」

「だまれ、ブス」サミーが言いかえした。

「これこれ、サミー。そんな口をきくものではありませんよ」ミセス・ジュールズはたしなめた。「レスリーは、ほうら、こんなにかわいいわ」

「ブスじゃん」サミーはくりかえした。

するとアリソン、ずばりと言った。「あんた、ほんと、におうわよ。それに、人のことブスなんて言って、自分のほうがよっぽどブオトコなんじゃない？

くっさいおんぼろレインコートにひっかくれてて、どんな顔だか見えないけどね」

「はい、そこまで。言いすぎよ」ミセス・ジュールズはたしなめた。「さあさあ、サミー。コートをぬいでクローゼットに掛《か》けてきたら？　すてきなお顔を、みんなに見せてちょうだいな」

「やなこった。この、おしゃべりババア」サミーはきたない口をきいた。

「ほうら、やっぱり。ブオトコなのよ」レスリーが言った。

「なかなかのハンサムくんじゃないかしらって、先生は思いますよ」ミセス・ジュールズは、かばって言った。「ただ、少しばかり、恥《は》ずかしがり屋さんなのね。先生がお手伝《てつだ》いしてあげようかしら」

ミセス・ジュールズは、サミーのくさいレインコートをぬがせてやった。ところがだ。その下からまた、レインコートがあらわれた。一枚《まい》めのより、もっとずっときたならしくて、もっとずっといやなにおいをさせている。

サミーの顔は、レインコートに埋《う》もれたまんま、まだ見えない。

「ううう、さっきより、もっとくさーい」モーレシアが声をあげた。

「おまえだって、バラのにおいはしないよな」サミーがすかさず言いかえす。

ミセス・ジュールズは、二枚めもぬがせてやった。ところがだ。その下から、またしてもレインコートがあらわれた。そのにおいときたら！　ミセス・ジュールズは、思わず窓辺《まどべ》へかけよると、顔を突《つ》きだし、外の空気を肺《はい》いっぱいに吸《す》いこんだ。

「おまえらみんなブタ野郎《やろう》だ！」金切り声《かなきりごえ》でサミーが言った。「けがらわしいブタ野郎だ！」

すさまじいにおいだった。サミーはレインコートに埋《う》もれたまんま、その場をじっと動かない。

ミセス・ジュールズは、黒板の〈反省《はんせい》〉の下に、チョークでサミーの名前を書いた。

「ねえ、先生、こんなやつ、幼稚園《ようちえん》の送迎《そうげい》バスで帰しちゃおうよ」ジョイが言った。

「ぼく、いっしょはやだな」トッドがつぶやく。

ミセス・ジュールズは鼻をつまんで、も一度サミーに近づくと、三枚《まい》めのレインコートをすばやくはぎとり、窓《まど》の外へ放《ほう》った。ところがだ。その下からまた、レインコートがあらわれた。

サミーはチッとうなった。「おい、バババア、おれさまの上等《じょうとう》の服をどこへ放りやがった！」

ミセス・ジュールズは、〈反省《はんせい》〉の下の、サミーの名前の横っちょに、チョークでチェックマークをつけた。そして、四枚めのレインコートをすばやくはぎとり、窓の外へ放った。が、においはひどくなるばかり。あらわれたのは、またまたレ

インコートだった。
ケケケ。サミーが笑《わら》いだした。ひどい笑い声だった。しゃべってもひどい声だが、笑うと背中《せなか》がぞぞっとする。
教室に入ってきたとき、サミーの背丈《せたけ》は一メートル二十センチほどだった。それがいま、ミセス・ジュールズにレインコートを六枚《まい》、はがれて、一メートルにも満《み》たなくなった。しかもまだ、レインコートを着こんでいる。
ミセス・ジュールズは、黒板のサミーの名前を丸でかこんだ。そしてまた、レインコートを一枚はぐと、窓《まど》の外に放《ほう》った。丸でかこんだサミーの名前を、こんどは大きな三角形でぐるりとかこむ。そしてまた、一枚《まい》はがして放《ほう》った。そうするうちに、サミーの背丈《せたけ》は五十センチ足らずになった。レインコートをはがれるたびに、サミーのケケケは大きくなり、においはいよいよひどくなる。

耳を両方ふさいでいる子たちもいれば、片《かた》っぽだけの子たちもいる。なぜ片っぽだけか？　鼻をつまんでて、片手がふさがってるからだ。ケケケとにおいとどちらがひどいか、ほんとの話、勝負《しょうぶ》がつかないほどだった。

と、ケケケがやんだ。

「おい、ババア」サミーは言った。「あと一枚でも、はがして放り投げてみろ、おまえの頭を食いちぎってやるからな」

「あなたのレインコートときたら、においがひどくて、わたしのクラスには、とても置《お》いておけないわ」ミセス・ジュールズは言った。「窓《まど》から放ったレインコートは、帰りがけに、どうぞ拾っておゆきなさいな」

「くせえのはおまえのほうだ、アンポンタン」サミーはわめいた。

ミセス・ジュールズはひるまなかった。つぎつぎにレインコートをはぎとってゆく。サミーの背丈《せたけ》は、十センチになり、七センチになり、五センチになり……

そうしてついに、最後《さいご》の一枚《まい》を、ミセス・ジュールズははぎとった。

あらわれたのは、ネズミ一匹《ぴき》、それだけだった。死んでいる。

「わたしのクラスに、死んだネズミを置《お》いとくわけにはいかないわ」ミセス・ジュールズは、しっぽをつまんで、ビニール袋《ぶくろ》にネズミを入れると、投《な》げ捨《す》てた。

ミセス・ジュールズの、これが流儀《りゅうぎ》だ。自分のクラスに、死んだネズミをけっして入れはしないのだ。トッドが一度、死んだネズミを持ってきちゃったことがある。〈見せてお話〉の発表会で、みんなに見せるためだった。そのときも、ミセス・ジュールズはきびしく言って、捨てさせた。

「追っぱらえて、ああよかった」ロンディが言った。「サミーって子、あたし、なんだかヤだったもん」

「ほんとにね」ミセス・ジュールズはうなずいた。「また一匹、入りこむのを防《ふせ》いだわ」

死んだネズミ、やつらはいつも、すきあらば入りこもうと、ミセス・ジュールズが受け持つクラスをねらっている。ミセス・ジュールズは、九月にここへやってきてから、死んだネズミの侵入《しんにゅう》を、これで三度、食いとめた。

DEEDEE
15
ディーディー

このお話には、ある〈問い〉があって、そして〈答え〉が示《しめ》されている。

ディーディーは、ネズミみたいな顔の子だ。ウェイサイド・スクールの子はほとんどが、休み時間よりつづりかた《スペリング》の授業《じゅぎょう》のほうが好《す》きなのに、ディーディーはちがった。休み時間のベルが鳴ると、席《せき》から飛《と》びだし、教室からも飛びだしてゆく。

ウェイサイド・スクールには、どの階にも、でかでかと、ある注意書きがかかげてある――「階段《かいだん》は、一段一段、降《お》りましょう」

だが、ディーディーは、注意書きにはまるで気づいていないのか、階段をいくつもぬかして、ピョーン、ピョーンと降りてゆく。そりゃ、一段ぬかしで二段ずつ、という子はいる。が、ディーディーは九段ぬかしで十段ずつだ。ただし、降りるときはの話だけどね。おかしなことに、教室にもどるとなると、ディーディーは、急ぐ気はまるでないというふうだ。

ウェイサイド・スクールには、校庭にも、注意書きが立ててある――「芝生《しばふ》を横切らないこと」

この立《た》て札《ふだ》にも、ディーディーは気づいていないようだった。きょうもまた、近道をして芝生《しばふ》をつっきり、校庭係のルイスせんせのところへすっとんでった。

「緑のボール、ちょうだい」ディーディーは言った。緑のボールは、いちばんいいボールなのだ。

「緑はどれも貸《か》し出《だ》し中《ちゅう》だよ」ルイスは答えた。

「ふうん。じゃ、赤いボールでいいから」

赤いボールも、すぐれもの。緑のボールとたいして変《か》わらないほどだ。緑ほど高くは弾《はず》まないけれど、弾みすぎないボールのほうがいいってときもあるからね。

「赤いボールも出はらってるよ」ルイスは言った。

「じゃ、ほかになにか残《のこ》ってない？」と、ディーディーはたずねたけれど、〝なにか〟のなかに黄色いボールはふくまれない。

ウェイサイド・スクールには黄色いボールがひとつある。で、ルイスはいつも、このボールを貸し出そうとがんばっている。弾まないし、蹴《け》ったほうへはぜったた

いに飛《と》んでゆかないボールなのだ。

「ねえ、なにか残《のこ》ってないの？」ディーディーはせがんだ。

「ディーディー、きょうはツイてるぞ」ルイスは言った。「じつは、ひとつ残ってるんだ。きみにと思って取ってある。唯一無二《ゆいいつむに》の黄色いボールだ！」

「いらない」ディーディーはそっぽをむいた。

「そんなこと言わないで、取ってくれよ」

「どうしていっつも、緑も赤もないのよ？」

「あるけどさ。きみより先に、ほかの子たちが持ってくからね。きみがやってくるころには、緑も赤も出はらってるというわけだ」

「だって、あたしは三十階からずうっとここまで降《お》りてこなくちゃなんないの。一階二階のクラスの子たちにかなうわけがないでしょう？」

「だからぼくも、黄色いボールを、きみにって、こうして取っててあげたんだ。みんな、これをほしがったけど、きみのために残しておいたんだからね」

「それはそれは、どうもです」

ディーディーは黄色いボールを受けとると、弾《はず》ませようと、地面にかるく打ちつけた。が、ドテンと言って、ボールは地面にくっついた。そこでディーディー、ボールから少しさがると、走りよって蹴《け》りあげた。黄色いボールは、ディーディーの頭をこえて後ろのほうへ飛《と》んでった。

あんなボール、追っかけてなんかやんないよ！　ディーディーは、ジェニーとレスリーと、石蹴り遊びをはじめた。なんてつまんない遊びだろう。ディーディーはうんざりだった。

そして、あくる日――。

ディーディーはミセス・ジュールズに、休み時間になるまえに教室を出ていいですか、とたずねてみた。

「理由は？」と、ミセス・ジュールズは聞きかえした。

「緑のボールを貸《か》してもらえるようにです。ルイスせんせがぜんぶ貸し出しちゃうまえに」

「ふむ。ちゃんとした理由があるなら、いいでしょう。でも、そのまえに、〝ミシシッピ〟を、正しくつづってみてちょうだい」
つづりかた《スペリング》は、ディーディーの得意科目《とくいかもく》とは言えない。〝ミシシッピ〟を〝Mississippi〟とようやく正しくつづったときには、休み時間は、五分も過《す》ぎてしまっていた。

ディーディーは、階段《かいだん》を九段ぬかしで一階までかけおりると、芝生《しばふ》をつっきり、ルイスのところへすっとんでった。緑のボールはひとつも残《のこ》っていなかった。赤いボールも残っていない。黄色いボールはまだあった。

黄色はけっこう！　ディーディーは、ジョイとモーレシアと、縄跳《なわと》びをして遊んだ。石蹴《いしけ》り遊《あそ》びとおんなじぐらい、つまんなかった。

さて、ディーディーの、解決《かいけつ》すべき〈問い〉とはなにか。わかるよね？　緑のボールを、それがむりなら、赤いボールを、どうしたら手にできるか、ということだ。

このお話には、〈答え〉もちゃんと示《しめ》されている、と最初《さいしょ》に書いた。そう、ディーディーは、〈答え〉を見つけだしたんだ。どんな答えだと思う？　きみたちも考えてごらん。ディーディーについて、ウェイサイド・スクールについて、ミセス・ジュールズについて知ってることを、ひとつ残《のこ》らず思い出してみるといい。

ヒント。あくる日のこと、ディーディーは、弁当箱《べんとうばこ》にクリームチーズとジャムのサンド、ナッツとそれから細切《こまぎ》れチーズを入れてきました。

で、なにが起きたかというと——。

休み時間の少しまえ、ディーディーは、自分の顔にクリームチーズとジャムをぬりつけ、口にナッツをほおばって、鼻からは細切れチーズをいくつもたらした。そのまんま両目をつぶると、死んだネズミそっくりになる。

この作戦《さくせん》には、トッドがひそかに手を貸《か》した。

「ジュールズ先生！」トッドはさけんだ。「クラスに死んだネズミがいます！」

ミセス・ジュールズはうろたえた。「死んだネズミ!?　いますぐ出てってもらいます！」

ミセス・ジュールズが「いますぐ」と言ったら、それはほんとに「いますぐ」なのだ。ディーディーは、あっという間に校庭にいた。

「緑のボール、ちょうだい」ディーディーはルイスに言った。

ルイスは聞こえなかったふりをした。

「緑のボールを貸《か》してもらっていいですか？」ディーディーは言いなおした。

「よくこんなに早く来られたなあ」ルイスは緑のボールを貸してくれた。「きょうはきみが一番乗りだ」

そのころ――。最上階《さいじょうかい》の教室では、トッドがえらい目にあっていた。ミセス・ジュールズが気づいたのだ。ディーディーとトッドに、まんまと、してやられたことに。トッドは、幼稚園《ようちえん》の送迎《そうげい》バスで、早くに家へ帰された。

さて、ディーディー。いま、緑のボールを地面にかるく弾《はず》ませた。ボールは十五メートルも跳《は》ねあがって、落ちてきた。ディーディーは、それをすぽんと受けとめた。

「ルイスせんせは、あたしのこと、嫌《きら》いなのよね？」ディーディーはふいにたずねた。

「もちろん、好《す》きさ」ルイスは言った。

「うそ、嫌《きら》ってる」

「好きだってば」

「うそ、嫌ってる」ディーディーはがんこに言いはった。

「好きだよ、ほんと」

「ほんとにほんと？」

「ほんとだとも。信じられない？」

「信じようかな」

「じゃ、ディーディー、きみは？　ぼくのこと好き？」

「好きに決まってるじゃない。ルイスせんせは、あたしの親友。いっちばんのともだちよ！」

「そりゃすごい」ルイスは言った。「死んだネズミのいっちばんのともだちに、まえからなりたかったんだ」

D*J.
16
デイージェー

ＤＪ《ディージェー》は、何十つづきもの階段《かいだん》を、ミセス・ジュールズのクラスまで、ルンルンルンと上がっていった。にーっと笑顔《えがお》だ。耳まで裂《さ》けそう。鼻まで裂けそう。ありえないほど、でっかい笑みを浮《う》かべている。

「おい、ＤＪ」トッドがさけんだ。「いい顔してるね」トッドは人の笑顔を見ると、自分もにこにこしてしまう。いつでもそうだ。

ミセス・ジュールズがトッドの声を聞きつけて、黒板の〈反省《はんせい》〉の下に、また名前を書こうとした。が、ＤＪの笑顔を目にして、チョークを置《お》いた。

「おはよう、ＤＪ」ミセス・ジュールズは声をかけた。「なにがそんなにうれしいの？」

ＤＪは笑顔のまんま、肩《かた》をすくめた。

ミセス・ジュールズは、思わず知らず、ほほえんだ。

ほほえむ先生、その顔を、ダミアンが見た。視線《しせん》はそのままトッドの笑顔へ、そして最後《さいご》にＤＪへ——。ダミアンも笑顔になった。ＤＪに負けないほどの、それはでっかい笑みだった。ふたりは大の仲《なか》よしなのだ。

ＤＪ《ディージェー》とダミアンのでっかい笑《え》みを見たとたん、クラスのだれもが、思わず知らず、笑顔になった。ロンディの笑顔は、前歯が二本欠《か》けていて、かわいらしいことこのうえない。どの子の笑顔も、いい笑顔だ。

そこへ、ジェイソンがやってきた。遅刻《ちこく》なもんで、うろたえている。わあどうしよう、という顔だ。が、教室に来て真っ先に目にしたものは、ダミアンの笑顔だった。ジェイソンは、ちょっぴり気分が落ちついた。つぎに見たのが、ロンディの、かわいい、歯なしの笑顔。ジェイソンのおろおろ顔に、かすかな笑みが浮《う》かんできた。とどめはやはり、ＤＪだ。その、でっかい笑みと、むきだしの、鍵盤《けんばん》みたいな歯を見たとたん、ジェイソンは笑《わら》いころげて、ほんとに床《ゆか》にころがった。

クラスのだれもが、アハハ、ウフフ、と笑いはじめた。キャシーですら笑顔だった。キャシーが笑うのは、だれかがうっかりけがをしたとき、それぐらいなものなのに。

笑っているのは、人だけではない。教室全体が笑っているかのようだった。くすくすと、黒板が笑っている。天井《てんじょう》も、くくっと胸《むね》をふるわせている。机《つくえ》はその

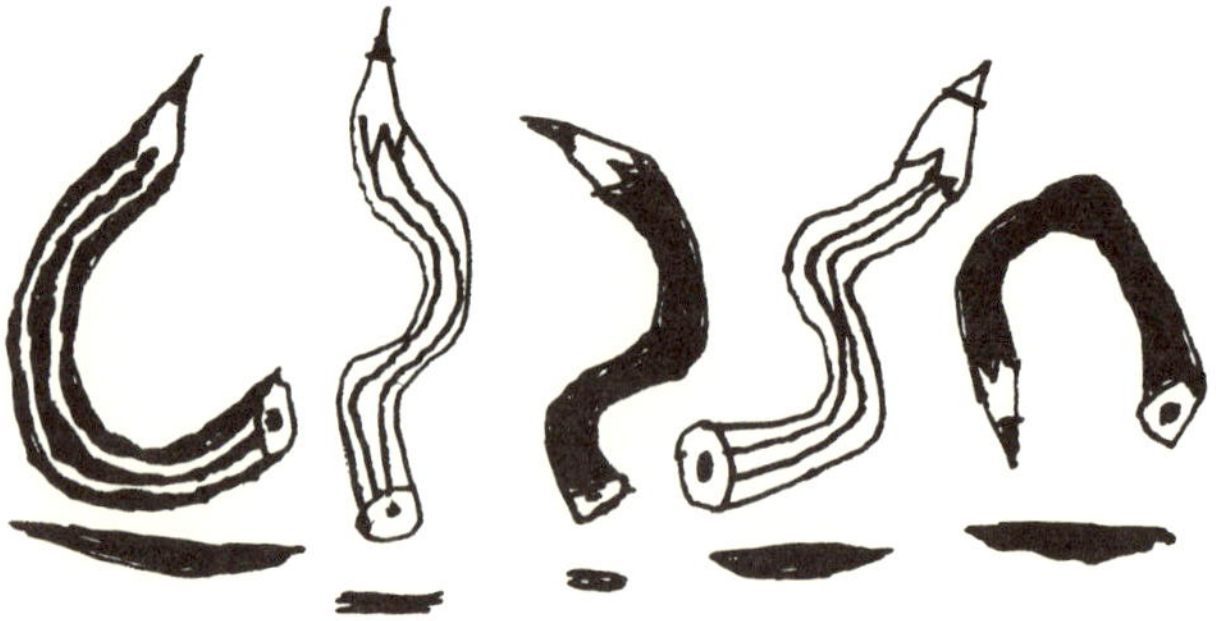

場で飛《と》びはねて、椅子《いす》はといえば、ひどく浮《う》かれて背中《せなか》をたたきあっている。床《ゆか》は、えらくこそばゆそう。あんまり笑《わら》うものだから、壁《かべ》の色はむらさき色になってきた。ゴミ箱は陽気な歌をうたいはじめ、エンピツは、一本残《のこ》らず、立ちあがって踊《おど》りだす。

　そうするうちに、ようやく笑いがおさまった。ミセス・ジュールズが目もとの涙《なみだ》をぬぐって言った。

「ねえＤＪ《ディージェー》、なにがそんなにうれしいの？　クラスのみんなに教えてくれない？　わたしたち、なにをこんなに笑っているのか、それだけでもぜひ知りたいわ」

　ところが、ＤＪ、答えない。相変《あいか》わらず、にこにこしている。

「ちょっと、ＤＪ！」ディーディーが言った。「教えてよ」

　それでも、ＤＪ、答えない。答えたくても、できないんだよ。耳から耳まで、口がのびきってるからね。

「当ててみようか」ロンが言った。「当たったら、当たりって教えてくれよな」

DJ《ディージェー》はうなずいた。顔いっぱいにでっかい笑《え》みをはりつけすぎて、じつは、耳がじんじんしてきた。

クラス全員、ひとり一回、順《じゅん》ぐりに、答えを推理《すいり》していった。

「泳いできたの？」

「きょうが誕生日《たんじょうび》だとか？」

「好《す》きな子がいるんだろ？」

「緑のボールで遊べたとか？」

だれの推理も、はずれだった。

休み時間になってもまだ、DJは笑顔だった。

「おい、DJ」校庭係のルイスせんせが呼《よ》びとめた。「ちょっと来いよ」

ルイスとDJ、ふたりならんで、校庭の、遠いすみへと歩いていった。そこなら、ほかにはだれもいない。

「なにがあったんだい、DJ《ディージェー》？」こっそりと、ルイスはたずねた。

DJは、にこにこ笑《わら》っているばかり。

「なあ、DJ、教えてくれてもいいだろう？　なにがそんなにうれしいんだい？」

すると、DJ、ルイスを見上げて言ったんだ。

「悲しんでるなら、なにか理由があるはずだけど、うれしいからって、理由はいらない。そうでしょう？」

ジョンは、まんまるおつむの男の子だ。髪《かみ》の色はベージュ色。ジョーと大の仲《なか》よしで、そしてとっても頭がいい。〈三十階クラス〉では、男子で一、二をあらそうほどだ。ただし、ひとつこまったことが――。ジョンときたら、さかさまに書かれた文字しか読めないのだ。

さかさに書かれた文字なんて、ふつうには、ないと思っていいからね。ま、それはそうでも、ジョンにすれば、これといった不便《ふべん》はなくて、読む力はすこぶる高い。クラスで一、二をあらそうほどだ。本を上下《うえした》さかさにすれば、問題なし。それですっかり読めてしまう。上から下へ読めるように努力するより、本をさかさにしたほうが、手っとり早くてジョンにはらくちんなのだった。が、らくちんな道、かならずしも最良《さいりょう》の道であるとはかぎらない。

ある日のこと――。

「ねえ、ジョン」と、ミセス・ジュールズに言われてしまった。「ずうっとそれですませるわけにはいかないわ。これから一生、本を上下《うえした》ひっくりかえして、さかさに読んでゆくつもり？　それではやっていけないでしょう？」

「そうかなあ」

「わたくしがそうと言ったらそうなのです」ミセス・ジュールズはきっぱり言った。「それに、黒板の字はどうするの？　黒板をさかさまにはできないでしょう？」

「まあ、むりかも」ジョンはぼそりとつぶやいた。

「かもじゃなくて、むりなんです」先生、こんどもきっぱり言った。「このままで行くって言うなら、逆立《さかだ》ちができるようにならなくてはね」

逆立ちってやつが、ジョンはできない。もう、あきらめてしまっていた。ためしては倒《たお》れ、ためしては倒れ……。だれだって、あきらめるさ。

大の仲《なか》よしジョーはといえば、ジョンのおつむで、〝玉乗り〟ができる。おつむを玉に見立ててね。ただし、立つだけ。ころがしはしない。ジョンがしくじり、倒れるたびに、まんまるおつむで玉乗りだ。それが親友ってもんだろう？

「ジュールズ先生」ジョンは言った。「ぼくの頭はまんまるすぎて、だから逆立《さかだ》ちできないんです」

「できますとも」ミセス・ジュールズ、ゆずらない。「あなたのおつむでジョーが〝玉乗り〟できるんですもの、あなただって、まんまるおつむで逆立ちできないはずがない」

「できるってば、ジョン。かんたんだよ」ジョーが言った。

「できないよ。何度ためしても倒《たお》れちゃう」

「あきらめない！」先生はするどく言った。「バランス軸《じく》を見つけなさい。それだけで、できるようになりますよ。さあ、やってごらん」

そこでジョンは、まんまるおつむを床《ゆか》につけると、二本の脚《あし》をふりあげた。そしてやっぱり、バタンと倒れた。するとジョーが、ジョンのおつむにぴょんと飛《と》び乗《の》り、みごとに立った。

「ほうら、ジョン、かんたんだよ。どうってことない」〝玉乗り〟しながら、ジョーは言った。

「じゃ、こうしましょ」と、ミセス・ジュールズ。

「みんなで手を貸《か》してあげるわ。いいわね、ジョン？」そして先生、まわりの子たちに言いつけた。「ジョー、〝玉乗り〟はいいから降《お》りなさい。で、教壇《きょうだん》の机《つくえ》の下から枕《まくら》を取ってきてちょうだい。ナンシー、カルヴィン、こっちへ来て手を貸して」

ミセス・ジュールズは、ジョーから枕を受けとると、床《ゆか》に置《お》いた。

「これでよしと。それじゃあ、ジョン、みんなであなたをかこんであげる。あなたが倒《たお》れないように」

そこでジョンは、まんまるおつむを枕につけて、二本の脚《あし》をふりあげた。脚がぐらりとかたむくと、ナンシーが反対側《はんたいがわ》へ押《お》しかえす。またべつのほうへとかたむくと、カルヴィンが、真上にむけて立ててやる。ジョンは、あっちへぐらり、こっちへぐらりをくりかえし、そうするうちに、バランス軸《じく》を、ついに見つけたのだった。

「わあ、見て見て見て！」ジョンはさけんだ。「立ったよ、立った、逆立《さかだ》ちできた。バランス軸《じく》を見つけたよ。すてきだなあ。黒板の字が読めちゃうぞ。おい、カルヴィン、ちょっと本を持ってきて。さかさにしなくていいからさ。ハ、ハ、ハ。ねえねえ、だれか、アッ、アアアアアアアアア……」

ドッターン!!　ジョンは倒《たお》れた。うつぶせに。カルヴィンが本を取りにいってるあいだのことだった。

「ジョー、ぼくの頭に乗るんじゃないぞ」先まわりして、ジョンはぴしゃりと言ってやった。

「ジョン、だいじょうぶ？」ミセス・ジュールズが、心配そうにそっとのぞきこんできた。

「はい、たぶん。なんかへんな気分だけど……。あれ！　黒板の字！　読めちゃうぞ！　ぼくもう逆立ちしてないのに！　わああ、上から下へ読めるようになっちゃった。倒れたときに、脳《のう》ミソがひっくりかえるとかしたのかなあ」

「ジョン、よかったわね」ミセス・ジュールズもうれしそうだ。「それじゃ枕《まくら》を、先生の机《つくえ》の下にもどしておいてちょうだいな。おだちんに、ペロペロキャンディをあげましょう。机の上のコーヒー缶《かん》に入ってるわ」

ジョンは教壇《きょうだん》の机の上に枕《まくら》を置《お》いた。そうしてつぎに、机の下をよくよくのぞいた。ペロペロキャンディは、コーヒー缶は、どこにも見当たらなかった。

UP
SIDE
DOWN

Leslie
18
レスリー

レスリーは、右手に五本、左手に五本、指がある。で、右足にも左足にも、五本ずつの指がある。両手には一本ずつの腕《うで》があって、両足には一本ずつの脚《レッグ》がある。運のいい子だ。髪《かみ》は茶色。すてきなおさげにしてあって、腰《こし》まで長くたれている。

ミセス・ジュールズがなにか質問《しつもん》したときは、右でも左でも、片手《かたて》を高くあげればいい。

足し算するとき、指を折《お》って数えてゆける。

ポールにおさげをひっぱられたら、片っぽの足で立って、もう片っぽで蹴《け》っとばしてやればいい。

ほんとうに運のいい子だ。ところが、ひとつ、悩《なや》みがある。足の指をどうしていいかがわからない。右と左と、合わせて十本、かわいらしくならんだ指を、いつも使いあぐねている。レスリーにすれば、足の指は、どれもこれも役立たず。無用《むよう》の長物《ちょうぶつ》というわけだ。

「くわえてチューチューすればいいのよ。あたし、いつもそうしてる」レスリーの悩《なや》みを知って、シャーリーは教えてくれた。

でも、レスリーの足の指は、くわえようにも、口までとどいてくれないのだ。

「あら、足の指って、それしか用がないけどな」すげなく言って、シャーリーは、足の指をくわえこんだ。そしてたちまち寝《ね》てしまった。

「そんなはずないわ」レスリーはひそかに思った。「なにかの役に立つはずよ。でなきゃ、へん！」

「ねえ」と、こんどは、休み時間にデイナにたずねた。「デイナは、足の指でなにしてる？」

「ふくらはぎをかくわよ」デイナはすぐに教えてくれた。「まず、右足の指で左のふくらはぎをポリポリして、それからこんどは、左足の指で右のふくらはぎをポリポリするの」

「でもあたし、ふくらはぎ、かゆくないもん」レスリーは言った。

「へえ。じゃ、あたしのふくらはぎを、かわりにかいてよ。そしたらあたし、右も左も、いっぺんにかけちゃうもん」

「やめとく。もういい」

そしてレスリー、校庭係のルイスせんせに後ろからこっそり近づき、いきなり背中《せなか》に飛《と》び乗《の》った。

「ねえ、ルイスせんせ。あたし、足の指をどうしていいか、わかんない」

「ほう」と、ルイスは眉《まゆ》をあげ、レスリーの足の指をひっぱった。「そりゃ、悩《なや》むよなあ。じゃ、こうしよう。足手まとい……おっと、ちがった、〝足まとい〟の足の指だけ、もらってあげるよ。切り落として、ぼくにくれよ」

「え?」レスリーは聞きかえした。

「だってほしくないんだろ? だからぼくがもらってあげる。そしたらもう、そんなことで悩まなくってすむからさ」

「いやよ」

「で、きみからもらった足の指は、マッシュ先生にあげちまおう。マッシュ先生が料理《りょうり》して、ミニミニサイズのホットドッグをこさえてくれる」

ミス・マッシュは、ウェイサイド・スクールの、ランチ係の先生だ。

「いやよ。役立たずでも、足の指をあげちゃうなんて、おことわり」レスリーは言った。

「じゃ、こうしよう。足指《あしゆび》一本につき、五セント、はらう」

「だめ。売ってあげない」

「なんでだい？　きみの足指、なんの役にも立ってくれないんだろう？　売れば、しめて五十セントだ。それだけあれば、いったいなにが買えるだろうね？　ほうら、よーく考えてごらん」

　ベルが鳴った。休み時間はおしまいだ。

「じゃ、考えてみる」と、ひとまず答えて、レスリーは、教室へ、走ってもどった。

「ジュールズ先生」レスリーは質問《しつもん》した。「あたし、足の先に指を十本つけとく理由が、どうしてもわからないんです」

「あら、レスリー、りっぱな理由がいくつだってあるはずよ」ミセス・ジュールズは、答えて言った。

「でも、あたし、ひとつも思いつかないの。ふくらはぎはかゆくないし、くわえたくっても指が口までとどかない。ルイスせんせが、あたしの足指一本につき五セントで買いとるよって言ってくれて、なかなかお得《とく》な取り引きかなって思うけど、ジュールズ先生に相談《そうだん》してから決めたいの」

「ルイスせんせ、いっぱい食わせた気でいるわ」

「え？　でも、あたし、おなかぺこぺこ……」

「足の指を買いとって、ルイスせんせはどうするつもりかしらね？」ミセス・ジュールズは首をかしげた。

「さあ」と、いっしょに首をかしげて、でも、レスリーはようやく決めた。「一本につき五セント、はらってくれるなら、やっぱり取り引きしようかな。十本で五十セントになるんだもの」

そして、お昼休みのこと――。

「オーケイ、いいわよ、ルイスせんせ」レスリーは、校庭で、も一度ルイスをつかまえた。「一本につき五セントで売ってあげる。十本だから、しめて五十セントよね」

「まあ待てよ」ルイスは言った。「足の指を、まずは見せてもらおうか」

レスリーは靴《くつ》をぬいだ。

「ふむふむ、なるほど。右も左も、親指はたいへんけっこう。そのとなりの指も、まあまあかな。けど、あとのはどれも、せいぜいが三セントってとこだよな」

「そんなのない！」レスリーはアタマに来た。「一本につき三セント!?　休み時間には、五セントって言ったのに」

「だから、親指には五セント出す。けど、外側《そとがわ》の、ちっこい指を見てごらん。もやしみたいに細いしな。そのちびすけにも三セントもらえるんだ。ありがたいと思ってくれよ。きみにお得《とく》な取り引きだろう？」

「このちびちゃんが、あたしは気に入ってるのよね」レスリーは言った。

「それなら、そいつは取っとけよ。じゃ、親指だけ、二本もらうことにする。よし、決まり。手を打とう」そしてルイスは、ポケットから十セント玉を取りだした。

「おことわり」レスリーははねつけた。「足の指って、十本セットで売るもんなの。五十セントで十本買うか、買うのやめるか、どっちかよ。八本だけ残《のこ》されたって、あたし、こまっちゃうじゃない」

「じゃ、ご破算《はさん》だ。この話はなかったってことにしよう」ルイスは言った。「はじっこのちびすけにまで、五セント、はらう気はしない」

「いいわ。それじゃ、取り引きなし。でも、ルイスせんせ、気が変《か》わったらいつでも言って。足指十本、ちゃんとついたままだから」それだけ言うとレスリーは、石蹴《いしけ》り遊《あそ》びのコートのほうへ歩いていった。

「おい、レスリー！」と、ふいにルイスに呼《よ》びとめられた。「そのおさげになら、一本につき一ドル出すよ！」

レスリーはくるりとふりむき、目をめらめらさせてルイスをにらんだ。

「この髪《かみ》を切れっていうの！　ルイスせんせ、アッタマおかしい！」

Miss ZARVES

19

ミス・ザーヴズ

ミス・ザーヴズという教師《きょうし》はいない。十九階も存在《そんざい》しない。ごめんよ。

Kathy
20
キャシー
HELPS
TO THE
STUDY OF THE BIBLE

キャシーはきみを嫌《きら》ってる。きみのことは、顔も名前も、なんにも知っちゃいないけど、でも、嫌ってるんだ。きみのことを、バカなやつ、と思ってる！もっと言えば、あたしの知らないやつらのなかでいちばんバカ、と思ってる。これ、どう思う？

キャシーはきみを、みっともない、とも思ってる！もっと言えば、あたしの知らないやつらのなかでサイッコーにみっともない、と思ってる。キャシーの知らない人間ばかり、世の中にはごまんといるんだけれどね。

いちおう知ってる人のことも、キャシーはやっぱり嫌ってる。おなじクラスのみんなのことも、ひとり残《のこ》らず嫌ってる。いや、ひとりだけ、好《す》きな子がいる。サミーだ。あの子はなんかおもしろい、とキャシーは思う。なにせ、死んだネズミ、だもんな。

だが、キャシーにすれば、知ってる子たちを片《かた》っぱしから嫌うだけの、〝れっきとした理由〟ってもんがあるんだよ。たとえば、DJ《ディージェー》。にこにこしすぎるから嫌い。たとえば、ジョン。逆立《さかだ》ちできないから嫌い。

キャシーは、まえに、スカンクスという名前の猫《ねこ》を飼《か》っていた。スカンクスのことが好《す》きだった。で、逃《に》げられちゃったらどうしよう、と心配だった。

「心配することなくてよ、キャシー」と、ミセス・ジュールズは、あのとき言った。「スカンクスは逃げたりしないわ。ごはんをやって、かわいがってあげればいいの。そうすれば、逃げていったりしませんよ。ときどき外へ遊びにゆくかもしれないけれど、かならずおうちにもどってくるわ」

「くるわけないです、ジュールズ先生」キャシーは声を荒《あら》らげた。「先生、なんにもわかってない！　スカンクスは逃げてっちゃうに決まってます」

それでキャシーは、スカンクスを押《お》し入《い》れのなかに閉《と》じこめた。外へはぜったい出さなかった。ごはんも、ときどき、やり忘《わす》れた。

そしてある日——。靴《くつ》がかたっぽ見当たらなくて、押し入れをのぞいていたときのこと。スカンクスはダッと飛《と》びだし、そのままもどってこなかった。

「もどってくるって、ジュールズ先生、言いましたよね？」教室で、キャシーは言った。「あの子、もどってきませんでした。先生、やっぱりまちがってたわ。正しかったのは、あたしのほう。あたしの言ったとおりになった」

それでキャシーは、ミセス・ジュールズを嫌《きら》ってるんだ。

「こんど猫《ねこ》を飼《か》うときは、殺《ころ》しちゃお。そうすれば、ぜったい逃《に》げられないもんね」キャシーは言った。

こんなこともあったっけ。ダミアンがキャッチボールを教えようとしたときだ。

「ぼくがボールを投げるから、受けとめてごらんよ、キャシー」

「できっこない」キャシーはしかめっつらをした。「けがしちゃう」

「そんなことないって」ダミアンは一生けんめい言ってみた。「最後《さいご》までボールを見ればだいじょうぶ」

ダミアンは、キャシーのほうへボールをかるく投げあげた。

キャシーは目をぎゅっとつぶった。けがをするに決まってる、と思いこんでいたからね。ボールはキャシーのほっぺに当たった。そりゃ、やっぱりちょっとは痛《いた》いよな。

「ギャッ!」とさけんで、キャシーははでに泣《な》きだした。「なによ、うそつき! あたしの言ったとおりじゃん!」

それでキャシーは、ダミアンのことも嫌《きら》ってるんだ。

アリソンは、こちらがやさしくしたならば、相手もやさしくしてくれる、と信じている。そこである日、キャシーにクッキーを持ってきた。

「あんたのいびつなクッキーなんて、ほしかないわよ」キャシーは言った。「どうせすっごくまずいんでしょ!」

「あら、おいしいわよ」アリソンは静《しず》かに言った。「あたしの手づくり」

「あんたの? じゃ、食べらんないに決まってる! あんたに料理《りょうり》はできないもん。おバカのくせに、できっこない!」とまくしたてて、キャシーはもらったクッキーを、エンピツやクレヨンや本といっしょに、机《つくえ》のなかにしまいこんだ。

そしてそれから三週間。ある日のこと、キャシーはおなかがすいてきた。

「いいわ、アリソン」キャシーは言った。「あんたのつくったバカタレクッキー、食べてあげる」

そして、ほったらかしてたクッキーを、机《つくえ》のなかから取りだした。クッキーはほこりだらけだ。キャシーはひと口かじった。かたくて、ひどい味がした。

「ほら」勝《か》ち誇《ほこ》って、キャシーは言った。「あたしの言ったとおりじゃん！」

それでキャシーは、アリソンのことも嫌《きら》ってるんだ。

そう、キャシーにしてみりゃ、知ってる子たちを片《かた》っぱしから嫌うだけの、〝れっきとした理由〟ってもんがあるんだよ。

きみを嫌う理由だって、キャシーにすれば、あるんだな。そりゃ、きみとは赤の他人同士《たにんどうし》、顔も名前も、なんにも知っちゃいないがね。嫌う理由、それはこう──キャシーはわかっているんだよ、きみと出会ったら、自分はぜったい嫌われる、と。だって、きみ、キャシーのことが嫌いだろ？

ほら、やっぱりキャシーの言うとおり！

ふしぎだよね。いつだってその人の言うとおりなのに、まちがってるのも、やっぱり、おなじその人なんだ。

RON
21
ロン

ロンは、足の小さな男の子だ。髪《かみ》はくるくるちぢれてる。

ある日のこと――。

「入れて。おいらも、キックベースがしたいよ」ロンは、集まっているなかまに言った。

「おまえにはむり」テレンスが言った。

「あっち行ってよ」ディーディーが手をしっしっとふった。

「とっとと消えろ！」ジェイソンだ。

「おいらも、入れてよ」ロンはめげずに言いはった。

「おまえはだめ。入れてやんない」また、テレンスだ。「失《う》せろっての」

ロンは、地団太《じだんだ》ふんで、校庭係のルイスせんせのところへ行った。ルイスはいま、ジェニーとふたり、石蹴《いしけ》り遊《あそ》びのまっさいちゅうだ。ジェニーは〈9〉まで進んでいて、ルイスは遅《おく》れて〈4〉だった。つぎはルイスが蹴る番だ。

「おいら、キックベースしたい」ロンはルイスに訴《うった》えた。

「じゃ、してこいよ」ルイスは言った。

「テレンスが、だめって、入れてくれないの」

そこでルイスは、ロンを連《つ》れて、みんなのところへ行きかけた。

「ねえ、石蹴《いしけ》り遊《あそ》びはどうなるの？」ジェニーがルイスを呼《よ》びとめた。

「きみの勝《か》ちだよ」ふりかえって、ルイスは答えた。

「あたし、石蹴り遊びでルイスせんせを負かしちゃった！」ジェニーは大声で自《じ》慢《まん》した。レスリー、ロンディ、アリソンが、集まってきてジェニーをかこんだ。

「やあ、ルイスせんせ！」ダミアンが、さけんで声をかけてきた。「いっしょにキックベースやる？」

「いいねえ。それじゃ、ロンも入れてもらおうかな」

「ロンはだめ。入れてやんない」テレンスだ。

「遊びたい子は、だれでもいっしょに遊べるよ」ルイスは言った。

「けど、ロンはだめ」テレンスは言いはった。「それに、おれのボールだし」

「きみのボールじゃないだろ？」ルイスは言った。

「ルイスせんせが、おれに貸《か》してくれたろ？」

「みんなでいっしょに遊ぶように、そういうつもりで貸《か》したんだ。ひとりじめするんだったら、ボールは返してもらうよ」

「わかったよ」テレンスはしぶしぶ言った。「けど、ピッチャーはおれだからね」

「ロンとぼくが組むからさ」ルイスは言った。「みんなまとめて、きみらの相手をしてやるよ」

「ようし！」と、はりきったのはジェイソンだ。「こてんこてんにやっつけてやる！」

「ぎゃふんと言わせてやるからね」ディーディーも、勢《いきお》いこんだ。

「あとで泣《な》いても知らないよ」これは、マイロン。

「ま、見てろって」ルイスは返した。

先攻《せんこう》は相手チーム。守りは、たったのふたりきり。もちろん、ロンがピッチャーだ。ほかの八つのポジションは、ルイスが守った。二十分後、やっとこスリー・アウトになった。二十一点、取られてしまった。

さてさて、こちらの攻撃《こうげき》だ。

ロンが最初《さいしょ》にキックする。

「内野《ないや》へ前進！」ダミアンがさけんだ。相手チームの全員が、ホームプレートから三メートル以内《いない》のところへやってきた。

「ようし、ロン」と、ルイスが励《はげ》ます。「蹴《け》りあげて、頭の上をこしてやれ！」

テレンスがボールをころがし、そいつをロンがぺちんと蹴った。ボールは、ころころ。一メートルとちょっとで止まった。トッドがすばやく拾いあげ、投げてロンにぶっつけた。ワン・アウト。

ルイスがキックする番だ。相手チームの全員が、外野《がいや》のはじまで走っていって守りについた。それでもルイスの蹴ったボールは、高々と、みんなの頭上をこえていった。ホームラン。

また、ロンがキックする番だ。外野からホームプレートのすぐそばへ、みんな走ってもどってきた。

テレンスがボールをころがし、そいつをロンがぺちんと蹴《け》った。ボールは、ころり。六十センチも行かなかった。ディーディーがすばやく拾って、ロンをタッチアウトにした。

そして、ルイス。こんどもホームランだった。

またまた、ロン。ぺちんと蹴ったら、ボールはころっと三十センチもころがらなくて、しかもそいつに、ロンのやつ、一塁《るい》へ走ろうとして蹴つまずいた。スリー・アウト。

ロンとルイスは、つぎのイニング、相手チームに五点しかあたえなかった。なぜならば、ベルが鳴ったからだった。昼休みの終わりを告《つ》げるベルだった。

結果《けっか》は、二十六対二。ロンとルイスの負けだった。が、ロンはにここにこ。大満《だいまん》足《ぞく》の顔だった。キックベース、楽しいなあ！

そして、あくる日——。

「入れて。おいらもキックベースしたい」ロンは言った。

「おまえはだめ」テレンス、きっぱり。

「あっち行け」ジェイソンだ。

「失《う》せろっての」と、これはディーディー。

「おいらも、キックベースしたいよ」ロンはルイスに訴《うった》えた。

そこでルイスは、きょうもまた、ロンを連《つ》れてみんなのところへやってきた。

「ロンとぼくが組むからさ。きみらの相手をしてやるよ」ルイスは言った。

この〝おふたりさん〟との対戦《たいせん》なら、みんな、大よろこびだった。

もちろん、ロンがピッチャーだ。ほかの八つのポジションは、ルイスがひとりで守った。結果《けっか》は、五十七対二。きょうも、ふたりの負けだった。

試合《しあい》のあとで、ルイスはロンを、わきのほうへ連れてった。

「あのなあ、ロン」と、ルイスは言った。「どうしていつもキックベースをやりたがるんだい？　だって、きみ、まるでキックできないだろ？　守りもだめだし。一塁《るい》へだって走れない。あれじゃ試合にならないよ」

「ちょっと待って」ロンは口をとがらせた。「おいらのせいにしないでよ。おいらはチームの半分で、もう半分はルイスせんせなんだから。だろ？」と一気に言って、ロンはルイスのみぞおちに、ガツンと一発、パンチをくれた。
そのパンチときたら、ロンのキックの百万倍《ひゃくまんばい》も強烈《きょうれつ》だった。

The Three Erics
22
三人のエリック
WAYSID
COPPER RIM

ミセス・ジュールズのクラスには、エリックって名前の子が、ひとり、ふたり、三人いる。エリック・フライ、エリック・ベーコン、エリック・オーヴンズ。三人とも、学校じゅうで、ふとっちょとして知られている。エリック・フライは、教室のこちらのはじに席《せき》がある。エリック・ベーコンはどまんなかに、エリック・オーヴンズはあちらのはじに席がある。

ウェイサイド・スクールには、だれもが知ってる、こんなジョークがあるんだよ――〈三人エリック〉が、教室の片側《かたがわ》に、同時に立つかすわるかしたら、校舎《こうしゃ》がかしいでひっくりかえる。

エリック・ベーコンは、その手のジョークを嫌《きら》っていた。そりゃ、むりもない。なにしろ、エリック・ベーコンは、ふとっちょですらないのだから。ふとっちょどころか、〈三十階クラス〉では、いちばんのやせっぽちだ。が、そのことに、だれひとり、気づいていないようだった。あとのふたりのエリックがふとっちょなんで、エリックは三人そろってふとっちょだ、と、みんながみんな、思いこんでしまっている。

「ぼくは太ってなんかない!」エリック・ベーコンは一生けんめい訴《うった》えた。

「おまえの名前は?」ジェイソンがたずねた。

「エリックだよ」

「それじゃやっぱり、ふとっちょだ」ジェイソンは、きっぱり言った。

そのあとすぐに、やせっぽちのエリックは——このクラスでいちばんやせてる、おちびのエリック・ベーコンは——あだなをもらった。〈でぶちん〉と。

エリック・フライは、ほんとうに、ふとっちょだった。ミセス・ジュールズのクラスでは、スポーツの、いちばん得意《とくい》な子でもある。がっしりとした、りっぱな体。ところがだれも、それに気づいていなかった。

あとのふたりのエリックは、スポーツは、あんまり得意なほうじゃない。エリック・オーヴンズはぶきっちょだ。〈でぶちん〉のエリック・ベーコンは、小さいながらもなかなかのスポーツマンだが、なにしろガリッガリだから、いまひとつ力が出ない。

というわけで、エリック・フライもぶきっちょでひ弱なやつだと、ごくごくふつうに、みんな思いこんでいた。なにしろ、おんなじ〝エリック〟だ。

チームのメンバーを選《えら》ぶときも、エリック・フライは、なかなか名前があがらない。エリック・フライのホームランや奇跡《きせき》のようなナイス・キャッチに、だれひとり、まるで気づいていなかった。すばらしいスポーツ選手《せんしゅ》はみんなそうだが、エリック・フライも、まさかと思うすごいプレイを、あっさりやってのけてしまう。そんなエリック・フライだけれど、一度だけ、大きなフライを受けそこなったことがある。そのたった一度の失策《しっさく》に、ほかの子だれもが、しっかり気づいた。そしてしつこく覚《おぼ》えていた。

それは、こういういきさつだった。エリック・フライは右翼手《うよくしゅ》だ。ライトを守る。あの日、テレンスが、特大《とくだい》のレフトフライをかっとばした。エリック・フライは、ボールを追って、ライトから走って走って、最後《さいご》の最後、飛《と》びついた。空中で、ボールはみごとグラブにおさまり、

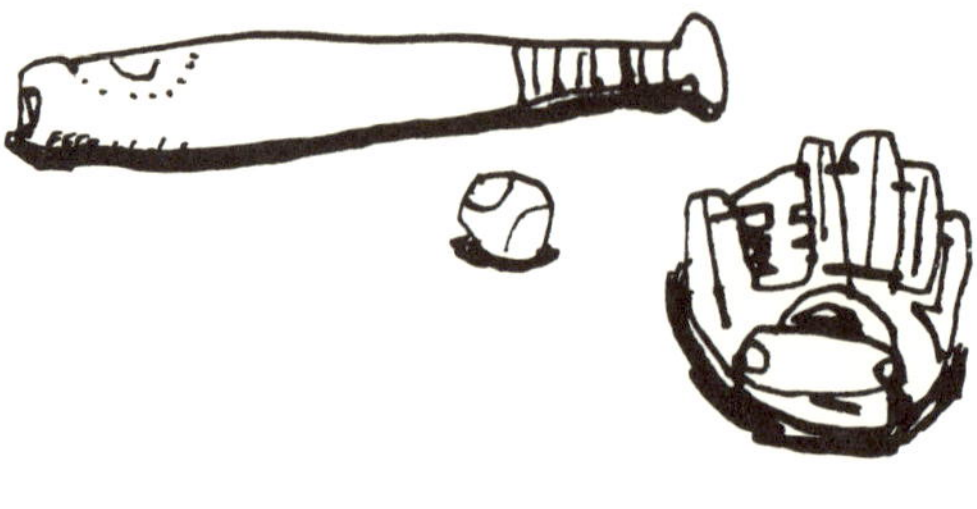

ところがだ、エリック・フライは地面にたたきつけられた。はずみで、ボールはこぼれ落ちた。

「やっぱりな、〈落球王《らっきゅうおう》〉のやることさ」スティーヴンが舌打《したう》ちした。

で、その日から、エリック・フライにあだながついた——〈落球王〉。

さて、三人め。エリック・オーヴンズ。このエリックは、クラス一のいいやつだ。だれとでもわけへだてなくつきあって、いつでもやさしい言葉をかける。それなのに、名前のせいで、みんなから、いやなやつだと思われている。あだなが〈でぶちん〉だからだよ。

〈でぶちん〉のエリックも、いやなやつだと思われている。

〈落球王〉のエリックも、いやなやつだと思われている。ライトを守って、それしか能《のう》がないからだ。

それで、エリック・オーヴンズも、いやなやつだと、だれもが思いこんでいた。なにしろ、おんなじ〝エリック〟だ。そして、あだなをつけられた——〈ふきげん屋〉。

ある朝のこと――。

「おはよう、アリソン」エリック・オーヴンズはあいさつした。「調子はどう?」

「うるさいわね、〈ふきげん屋〉!」アリソンはにらみつけた。「気のきいたこと言えないんなら、口きかないでいなさいよ」

エリック三人、みんな、あだながついている。そのほうが、便利《べんり》は便利だ。そうでなければ、「よう、エリック」と呼《よ》びかけられても、どのエリックなんだかわからない。三人とも返事をしたり、三人ともしなかったり、になるだろう。

だが、「よう、〈ふきげん屋〉」と言われれば、エリック・オーヴンズは、自分のことだと、すぐわかる。「よう、〈落球王《らっきゅうおう》〉」と言われれば、エリック・フライは自分のことだと、すぐわかる。「よう、〈でぶちん〉」と言われれば、エリック・ベーコンは、自分のことだと、すぐわかる。

ALLISON
23
アリソン

アリソンは、ブロンドきらめく、きれいな子だ。いつも、空色のウインドブレーカーを着ている。ひとみの色も、すんだ空の色だった。大の仲《なか》よしロンディの髪《かみ》も、ブロンドだ。ただし、ロンディは、前歯が二本、欠《か》けている。アリソンは、二十四本、そろっていた。

アリソンはよく、ロンディの前歯はあたしが折《お》ってやったのよ、と口ぐせのように言っていた。とってもきれいな子だからね、クラスの男子がみんなでちょっかい出してくる。おしゃべりジェイソン、あいつはとくにしつっこい。そんなとき、アリソンはすごんでみせる。

「あたしにかまわないでよね。じゃないと、あんたの前歯、へし折ってやるからね。ロンディとおんなじ目にあいたい？」

ききめあり。男の子たちは、ちょっかいを出さなくなった。

ある日のこと——。

アリソンは、お昼ごはんにオレンジを一個《こ》、持ってきた。いま、その皮を、ぐるりとひとつづきにむいた。

と、ランチ係の先生、ミス・マッシュがそばにやってきた。「ねえアリソン、そのオレンジ、いただいちゃってもいいかしら？」

ミス・マッシュは、子どもたちに、いつもごはんをつくってくれる。アリソンは、よろこんでオレンジをあげた。

ミス・マッシュは、それをまるごと口に押《お》しこみ、のみこんだ。四秒とかからなかった。

アリソンはカフェテリアをあとにすると、図書室へ降《お》りていった。カフェテリアは十五階、図書室は七階にある。

アリソンは自分の本をたずさえていた。図書室へやってきたのは、本を借《か》りる

ためではない。とても静《しず》かで、居心地《いごこち》がいいからだった。

と、司書《ししょ》の先生がやってきた。「なにを読んでいるの？」

アリソンは本の題名を教えてあげた。

「おもしろそうなお話ね。読んだことないわ。貸《か》してもらっていいかしら？」

司書さんは、子どもたちに、いつも本を貸してくれる。そのお返しができると思うと、アリソンはうれしかった。それで、司書さんに本を貸すと、階段《かいだん》を降《お》りていって校庭に出た。

みんな、〈こおり鬼《おに》〉をして遊んでいる。でも、アリソンは、鬼ごっこをする気分じゃない。そこで、空色のウインドブレーカーのポケットからテニスボールを取りだして、地面に二、三度、弾《はず》ませた。

と、校庭係のルイスせんせがやってきた。「やあ、アリソン。そのテニスボールで遊ばせてもらっていい？」

ルイスせんせは、子どもたちに、いつもボールを貸《か》してくれる。アリソンは、よろこんでテニスボールを貸してあげた。

ルイスはそれを、力いっぱい遠くへ投げ、校庭のむこう側《がわ》へ、追っかけて行ってしまった。

アリソンはなにもする気がしなかった。と、鬼《おに》ごっこちゅうのジェイソンがかけよってきて、アリソンにタッチした。

「つかまえた！」

「あっち行ってよ」アリソンは追っぱらった。「じゃないと、あんたの前歯、へし折《お》ってやるからね」

ジェイソンは肩《かた》をすくめ、行ってしまった。

アリソンは校舎《こうしゃ》にもどると、何十つづきもの階段《かいだん》を、〈三十階クラス〉までのぼっていった。昼休みはまだ終わっていない。でも、なにもする気がしなかった。

オレンジはランチ係の先生にあげてしまった。本は司書《ししょ》さんに、テニスボールはルイスせんせに貸《か》してしまった。

教室には、ミセス・ジュールズの姿《すがた》があった。

「あら、アリソン」先生は、笑顔《えがお》で声をかけてきた。「ちょうどよかったわ。いま、算数の問題で、頭を悩《なや》ませちゃってるの。いっしょに考えてもらえるかしら？」

「いいですよ」アリソンはうなずいた。ジュールズ先生は、いつもみんなの力になって、問題を解《と》いてくれる。きょうは自分が力になれる。アリソンはうれしかった。

「あのね、椅子《チェア》ってどういうつづりだったかしら？」ミセス・ジュールズは言った。

「Ｃ《シー》－Ｈ《エイチ》－Ａ《エー》－Ｉ《アイ》－Ｒ《アール》です」アリソンは教えてあげた。

「そうそう、そうだったわよね。Ｃ《シー》－Ｈ《エイチ》－Ａ《エー》－Ｒ《アール》－Ｅ《イー》じゃないのはわかってたけど、ほんとはどうつづるんだったか、なぜか思い出せなくて」

「でも、これって算数じゃなくて、つづりかた《スペリング》、ですよね？」

「あら、そうよねえ！　これまたあなたの言うとおり。わたしったら、算数とつづりかたが、いっつもごっちゃになっちゃうの」

ベルが鳴った。お昼休みはおしまいだ。みんなが階段《かいだん》をかけあがってくる音がする。

「アリソン」と、ミセス・ジュールズが、ひそひそ言った。「あなたはきょう、大きな秘密《ひみつ》を知ってしまった。みんなには、お願《ねが》い、ないしょにしといてね。仲《なか》よしのロンディにもよ」

「秘密……って？」アリソンは聞きかえした。秘密を知ってしまったなんて、まるで気づいていなかった。なんだろう？　〝秘密《ひみつ》〟ってやつが、アリソンは大好《だいす》きなのだ。

「教師《きょうし》より、子どもたちのほうがよっぽど頭がいいってことを、あなたは知ってしまったの」ミセス・ジュールズは、声をひそめて耳打ちした。

「それだったら、秘密なんかじゃありません」アリソンは言った。「だって、みんな知ってますから」

Dameon
24
ダミアン……!

ダミアンは、淡《あわ》い茶色の目をしている。そのどまんなかに、小さな黒い点がある。〝瞳孔《どうこう》〟と呼《よ》ばれる点だ。ダミアンって子は、どうこう言わない男の子でね。言わなすぎて、どうにもこうにも、間《ま》が悪い。

ある日のこと——。

ミセス・ジュールズが、みんなに映画《えいが》を見せようと、教室の明かりを消した。闇《やみ》のなか、ダミアンの瞳孔は、ぐんとひろがり、点から大きな丸になった。

「ダミアン」暗がりから先生の声がした。「ひとっ走り下へ行って、ルイスせんせに訊《き》いてきてもらえるかしら？　いっしょに映画を見ませんかって」

ダミアンは三十階から一階まで、何十づきもの階段《かいだん》を、かけてかけてかけおりた。校庭に出ると、ルイスせんせが、テザーボールを、柱にひもで吊《つ》りさげていた。これをラケットで打ちあうんだよ。

「ルイスせんせ！」ダミアンは大声で呼《よ》んだ。「ジュールズ先生が、いっしょに映画を見ませんかって」

「映画？」ルイスはあごをさすった。「なんの映画だい？」

「さあ」ダミアンは肩《かた》をすくめた。「聞いてくる。すぐもどってくるね」

そしてまた、何十つづきもの階段《かいだん》を、かけてかけてかけあがった。

「ルイスせんせが、なんの映画《えいが》か知りたいそうです」ダミアンはミセス・ジュールズに報告《ほうこく》した。

「知りたいって、映画の題名？　それとも、映画の中身かしら？」

「さあ」ダミアンは肩をすくめた。「聞いてきます」

そしてまた、階段をかけてかけてかけおりて、校庭にやってきた。

「ルイスせんせ、知りたいのは、映画の題名？　それとも、映画の中身のほう？」

「題名だよ」

「わかった」

ダミアンはまた階段を、一段ぬかしで、かけてかけてかけあがった。大急ぎだ。

「題名のほうだそうです」ダミアンはミセス・ジュールズに報告した。

「『亀《かめ》』って映画よ」ミセス・ジュールズは言った。

そこでダミアン、まわれ右して、まずは大きく深呼吸《しんこきゅう》。そうしてまた、階段を、かけてかけてかけおりた。

「『亀《かめ》』だって」と、ルイスに報告《ほうこく》。

「そりゃ、おもしろそうだ。で、中身はどんな？」

「さあ」ダミアンは肩《かた》をすくめた。「聞いてくる」

そしてまた、階段《かいだん》を、かけてかけてかけあがった。そのまえに、立ち止まって、水をひと口だけ飲んだ。

「ジュールズ先生、中身はどんなか教えてください」

「だから、亀の話よ」ミセス・ジュールズは言った。

ダミアンはまた、階段をかけてかけてかけおりた。で、ルイスに伝《つた》えた。

「亀の話なんだって」

「じゃ、いいや」ルイスは言った。「亀ってやつは、なんか好《す》きになれないよ。いやんなるほどのろまだもんな」

ダミアンはうなだれて、何十つづきもの階段を、〈三十階クラス〉まで、のろのろとのぼっていった。太ももが、ふくらはぎが、ひりひり痛《いた》む。はあはあ言っ

て、まともに息もできないほどだ。脇腹《わきばら》だってずきずきする。

そうしてようやく教室にたどりついたら、映画《えいが》は終わってしまっていた。

「では、みなさん」と、ミセス・ジュールズが言った。「紙とエンピツを出してください。亀《かめ》について、なにか書いてごらんなさいな」

ダミアンは映画を見そこなってしまったけれど、亀について、それでも書けることはある――「亀ってやつは、いやんなるほどのろまです」とか。ところが、どこへ行ったんだか、エンピツのやつが見当たらない。やれやれ、きょうは、ついてない。

「どうしたの、ダミアン？」まごまごしてたら、ミセス・ジュールズに質問《しつもん》された。

「エンピツが見つからないんです」

「みなさん、ダミアンのエンピツが行方不明《ゆくえふめい》です」ミセス・ジュールズは、みんなに知らせた。「で、ダミアン、どんなエンピツかしら？」

「長くて黄色くて、はじが片《かた》っぽ、黒くとがってて、もう片っぽに赤い消しゴムのついてるやつです」

「あった！」トッドが言った。「そこ。黒板のそばに落ちてるよ」

「あ、それそれ」ダミアンはよろこんだ。

「それじゃなくて、あっちじゃないかな。ゴミ箱のそばの、すみっこの」と、指さしたのは、〈ふきげん屋〉のエリックだった。

「ううん……どっちかなあ。あっちかも」ダミアンは考えこんだ。

「これだってば」と、こんどはジョン。「ずっとぼくの机《つくえ》んなかに入ってたぜ」

「ちがう、こっち。ぼくの持ってるこのエンピツ」と、ジョーが片《かた》手《て》をかかげてみせた。

「あった、これよ」ロンディだった。

「こっちだってば」これはアリソン。

「ぼくが持ってる、ほら、これさ」と、笑《わら》いながら、DJ《ディージェー》だ。

「見ーつけた！」マイロンだった。

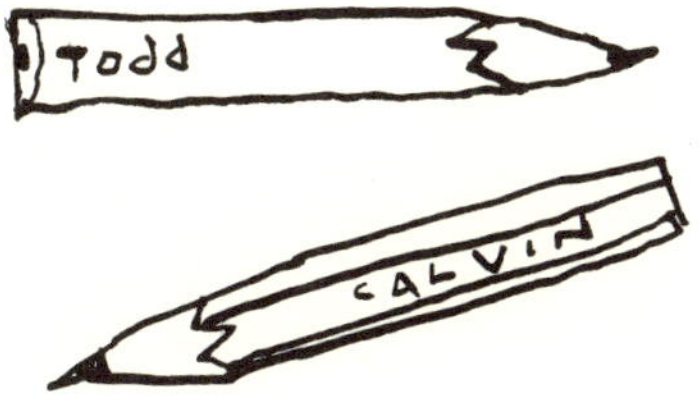

「どれがあなたのエンピツなの？」ミセス・ジュールズがせかしてくる。

ダミアンは、エンピツを一本一本、ながめていった。

「どれもぼくのエンピツって気がするなあ」

するとそのとき、いいぐあいに、ルイスが教室にやってきた。で、ダミアンにさしだしたんだよ、エンピツを。

「ダミアン、これ。映画《えいが》のこと言いにきたとき、落っことしていったよ」

「ありがとう」ダミアンはよろこんだ。

「では、みなさん」ミセス・ジュールズがみんなの顔を見まわした。

「これからは、どれがだれのかわからなくならないように、自分のエンピツには、名前を書いておきましょう」

それからずっと、その日の授業《じゅぎょう》が終わるまで、ダミアンは、エンピツに名前を書こうとがんばった。

しっかしなあ、エンピツだって、自分で自分に書きこむなんてできないよ。ダミアンの目とおんなじだ。まんなかに、ぽつ

んと黒い点のある、淡《あわ》い茶色のすんだ目は、どんなものでも映《うつ》せるけれど、自分だけは、すんだ目だけは、映すことができないからね。

JENNY
25

ジェニーはけさ、学校へ、父さんのオートバイでやってきた。後ろに乗っけてもらってね。遅刻《ちこく》だった。ウェイサイド・スクールは九時にはじまる。なのに、もうすぐ九時半だ。ジェニーは、父さんに、いってきますのキスをすると、ミセス・ジュールズの〈三十階クラス〉まで、階段《かいだん》をかけあがった。

「ジュールズ先生、すいません、遅刻しました。父さんのオートバイが調子悪くて……」

あら？　だれもいない。教室はからっぽだった。

「だれかいる？　ねえ！」大声でジェニーは呼《よ》んだ。「ジュールズ先生、デイナ、トッド、だれかいる？」

教室には、ひとっこひとりいなかった。

来るの、早すぎちゃったかも、とジェニーは思って、壁《かべ》の時計に目をやった。九時半ちょうどを指《さ》している。

「やだ。まさか、あたしを置《お》いて野外授業《やがいじゅぎょう》に行っちゃったんじゃないわよね」

ジェニーは窓《まど》の外を見た。だれもいない。ルイスせんせの姿《すがた》もない。

ジェニーは途方《とほう》に暮《く》れてしまった。どうしていいかわからない。そこでひとまず、机《つくえ》についた。壁《かべ》の時計の秒針《びょうしん》が、ながめるうちにも、ぐるぐるまわる。

つづりかたの自習でもしとこうかな。遅《おく》れを取りもどさなくっちゃ。ジェニーは急にそう思って、机をあけると、つづりかたの練習帳を取りだした。

M《エム》－U《ユー》－D《ディー》とつづって、泥《マッド》。

みんな、どこ行っちゃったのかなあ？

B《ビー》－L《エル》－O《オー》－O《オー》－D《ディー》とつづって、血《ブラッド》。

なにかあったんじゃなきゃいいけれど。

B《ビー》－L《エル》－A《エー》－C《シー》－K《ケー》とつづって、黒《ブラック》。

すると、足音が聞こえてきた。廊下《ろうか》をこちらへやってくる。

ジェニーは書く手を、思いっきり早めていった。

H《エイチ》－A《エー》－C《シー》－K《ケー》とつづって、たたき切る《ハック》。S《エス》－M《エム》－A《エー》－C《シー》－K《ケー》とつづって、ひっぱたく《スマック》。ドアのひらく音がした。ジェニーはさっとふりむいた。

「ひっ！」と思わず息をのむ。

見たことのない男の人が立っていた。黒い口ひげ。アタッシェケースの色も黒。

ジェニーは椅子《いす》から飛《と》びのいた。

「すわりなさい」男の人は静《しず》かに言った。

そろそろと、ジェニーは席《せき》にもどった。

男の人はやってきて、デイナの席に腰《こし》をおろした。ジェニーとむきあうかっこうだ。アタッシェケースがひらかれる。そのなかから、男の人は、なにやら紙を取りだした。

「名前は？」男の人はたずねた。

「ジェニーです」と、声をころしてジェニーは答えた。

「ジェニー？」うそだろう、という顔で、男の人は聞きかえした。

「あのう、ほんとはジェニファーです。つづめて、ジェニー」ジェニーは答えなおした。

「なるほど」男の人はうなずいた。そして、ジェニーの机《つくえ》から、つづりかたの練習帳を取りあげた。上のほうに、ジェニーの名前が書いてある。男の人は、練習帳をアタッシェケースにしまった。

「で、ここでなにをしてるんだね？　ジェニファー」男の人は質問《しつもん》した。

「あたし、ここのクラスなんです」ジェニーは答えた。

「たしかかな？」

「はい、たぶん。あの、つまり――」

「ほかの子たちはどこにいる？」

「わかりません。野外授業《やがいじゅぎょう》に行ったのかも」

「いや」男の人は首をふった。「野外授業へは行っていない」

「じゃ、わかりません。どこいるんだか、あたし、ぜんぜんわかんない！」ジェニーは声を大きくした。「けさは、三十分遅刻《ちこく》しちゃって、で、来てみたら、みんないなくなっていた。ほんとうです！　みんなになにかあったんですか？」

男の人は答えない。紙になにかを書きつけた。そして言った。

「ジェニファー、ちょっと訊《き》くがね。けさ、ここへ来て、だれもいないとわかったとき、とまどったりはしなかった？」

しました、すごく」ジェニーは言った。「みんななにかあったんですか？」

「そんなに心配で、うろたえたっていうんなら、なぜ、つづりかたの練習なんかしてたんだい？」

「さあ……」

「わたしが思うに、朝、学校へ来てみたらだれもいない、そういうとき、子どもというのは、遊ぶか、そこらを歩きまわるか、でなけりゃうちに帰っちまうか、のどれかだろう。つづりかたの練習なんぞ、しないよなあ」

「わっ！」と、ジェニーは泣《な》きだした。「だって、どうしていいかわからなかったの。家を出るのが遅《おく》れたから、しかたなくて、父さんにオートバイで送ってもらった。でも、来てみたらだれもいない。で、おじさんになんだかんだ質問《しつもん》されて……あたし、心配。みんな、どうしちゃったの？　デイナは？　ジュールズ先生は？　ロンディは？　アリソンは？」

口ひげの男の人は、いったいなんの話やら、という顔だ。

と、べつの足音が聞こえてきた。口ひげの男の人が、立ちあがってドアをあけた。またふたり、男の人があらわれた。ひとりは、最初《さいしょ》の人とおんなじに、黒い口ひげをはやしている。もうひとりは、つるっつるのハゲだった。

ジェニーはこわくなってきた。

「で、この子はわかっているのか?」あとから来た口ひげの人が、最初の人にたずねた。

「なにも知らないと言っている」最初の人が答えた。「きょうは遅刻《ちこく》したそうだ。で、来てみたら、みんないなくなっていた、と言うんだな」

「信じるか?」とたずねたのは、つるっぱげの男の人だ。

「さあてなあ」最初の人は首をかしげた。「わたしがここへやってきたとき、この子はひとりでつづりかたをやっていた」そう言って、アタッシェケースからつづりかたの練習帳を取りだすと、つるっぱげの人に渡《わた》した。

つるっぱげの男の人は、練習帳の上のほうに書いてあるジェニーの名前を読みあげた。そして言った。

「なあ、ジェニー。なぜ、きみひとりだけ教室に?」

「わかりません」

「こういうことは、まえにもあった？」

「ありません」

「これを机《つくえ》にしまいなさい」つるっぱげの男の人は、練習帳を返してくれた。

ジェニーは練習帳を机にしまった。

「よし、いいだろう」と、つるっぱげの男の人はうなずいた。

「よろしい、ジェニファー」最初《さいしょ》の男の人が言った。「もう帰っていいよ」

ジェニーは、椅子《いす》を立って、ドアのほうへ行きかけた。と、つるっぱげの男の人に呼《よ》びとめられた。

「ジェニー」

ジェニーはそうっとふりむいて、「はい？」と言った。消え入りそうな声だった。

「もう、日曜日には、学校へ来るんじゃないよ」

TERRENCE
26
テレンス
AMERICAN CUTLERY COMPANY

テレンスは、運動のできる子なんだが、スポーツマンとは、お世辞《せじ》にも呼《よ》んでやれない。

ある日のこと――。

校庭で、ロンディとアリソンが、赤いボールをバウンドさせて遊んでた。そこへテレンスがやってきた。

「入れてくれる？」

「だめ」と、アリソン、はねつけた。

「なんでだよ。入れてくんなきゃいけないんだぞ。ボールはみんなで使うものって、ルイスせんせが言ってるぜ」

「けど、あんたといっしょはごめんなの」アリソン、きっぱり。

「あらあ、入れてあげようよ」ロンディが言った。

「じゃあ、いいわ。入れてあげる」アリソンは、ゆずって言った。「三人でバウンド遊びね。ちゃんとルール守んないと、承知《しょうち》しないからね、テレンス」

「守るってば」テレンスは約束《やくそく》した。

まず、アリソンが、ボールを地面にバウンドさせてロンディに送った。つぎにロンディが、バウンドさせてテレンスへ。と、テレンスは、受けたボールを、バウンドさせずにキックした。ボールはどこへ？　フェンスをこえて飛《と》んでった。

「なにすんのよ！　ボール、取ってきなさいよ！」アリソンがかみついた。

「うるせえ、ヘナチョコ」テレンスはきたない言葉を吐《は》き捨《す》てた。

ロンディが、ルイスのところへ走っていって、テレンスのことを訴《うった》えた。

さて、校庭のバスケのコート。シュートをして遊んでいるのは、ＤＪ《ディージェー》そしてダミアンだ。

「おっとう、テレンスのやつが来ちゃったよ」ダミアンが舌打《したう》ちした。

「おい、入れろよ」と、テレンスは、ここでも言った。

「だめ。あっち行け」ダミアンは、はねつけた。

「ボールはみんなで使うものって、ルイスせんせが言ってるぜ」テレンスはあきらめない。

「わかったよ」ダミアンはしぶしぶうなずき、けれども言った。「ゴールに入れるだけだぜ、テレンス。ぜったいキックするなよな」

「わかってるって」テレンスは約束《やくそく》した。

最初《さいしょ》に、ダミアンがシュートした。ボールはバックボードに跳《は》ねかえされて、リングをぬけて落ちてきた。

つぎはDJ《ディージェー》。アンダーハンドで投げあげた。ボールは空中高く上がってから、リングのへりをかすりもせずに、どまんなかをすぽんとぬけて落ちてきた。

さて、テレンスだ。キックした。ボールはどこへ？　フェンスをこえて飛《と》んでった。

「バカ野郎《やろう》」ダミアンがかみついた。

「バカはそっちだ、ノータリン」テレンスはきたない言葉を吐《は》き捨《す》てた。

DJが、ルイスのところへ走っていって、訴《うった》えた。

校庭のまたべつのところで、スティーヴン、カルヴィン、ジョー、ジョン、そしてレスリーが、〈投《な》げ鬼《おに》〉をして遊んでた。鬼はスティーヴン。ほかの四人には、めいめい番号がついている。鬼が、ボールを高く投げあげ、番号をさけぶ。その番号の子が、落ちてきたボールを受ける。受けそこねたら、その子が鬼《おに》だ。

「入れてくれる?」と、テレンスは、ここでも言った。

「おことわり」カルヴィンがはねつけた。「おまえはさ、フェンスのむこうへ蹴《け》飛《と》ばすからな」

「そ、おことわり」ジョーも言った。

「だれが入れてやるかっての」ジョンも言った。

「あんたは、いや」と、レスリーも。

「いいよ、入れよ」そう言ったのは、スティーヴンだ。「新しく入ったやつが鬼だぞ」スティーヴンは、テレンスにボールを渡《わた》した。「ボールを高く投げあげて、で、一から五まで、どれか番号をさけべばいい」

「わかった」テレンスはうなずいた。

五人は、テレンスをまるくかこんだ。

「百万!」とさけぶが早いか、テレンスはまたまたキック。ボールはどこへ?

フェンスをこえて飛んでった。

「なにすんだよ！」スティーヴンがかみついた。

「カエル食って寝《ね》ろっての、ゲロ」テレンスは、きたない言葉を吐《は》き捨《す》てた。

スティーヴンは、ルイスのところへ走っていって、訴《うった》えた。

さて、テレンスは、手持ちぶさたに、ぐるりとあたりを見まわした。することが、とうとうなんにもなくなった。もう、ボールはどこにも見当たらない。

そこへルイスが、みんなをしたがえ、やってきた。ぞろぞろとついてくるのは、アリソン、ロンディ、ダミアン、DJ《ディージェー》、スティーヴン、カルヴィン、ジョー、ジョン、レスリー。

「どうした、テレンス」ルイスは、ふつうに声をかけた。

「ボールがどこにもなくってさ」テレンスは言った。「緑のボール、持ってない？」

「それが、ひとつも見当たらない」ルイスは言った。「ふしぎなことに、ぼくのボールは、どれもこれも、どこかへ消えてしまったよ」

「ちぇっ。だったらもう、蹴《け》っとばすもん、ないよなあ」

「え？　蹴《け》っとばすもん、ないだって？」ルイスは、おや？　って顔をした。「そうかなあ。どう思う、ロンディ？」

ロンディはちょっと考えた。そして、にこっとほほえんだ。前歯が二本、欠《か》けている。

「あるわ。蹴っとばすもん、残《のこ》ってる」ロンディは言った。

「へえ、どこに？」テレンスの目がぎらついた。

「アリソンにも訊《き》いてみようか」ルイスは言った。「なあ、アリソン、蹴っとばすもん、どこかに残ってないかなあ？」そして片目《かため》をつぶってみせた。

「もちろん、残っているわよ」アリソンは言った。

「え？　なになになに？」テレンスは、ぐいと身を乗りだしてきた。

「きみはどう思う、ダミアン」ルイスはたずねた。「なにか思いつくもの、あるかな？」

ダミアンは、ひとつ大きくうなずいた。〝ある〟ってことだ。

「ええっ！　なんだよなんだよ、教えろよ」テレンスはすっかりじれて、待ちきれないという顔だ。

「ＤＪ《ディージェー》、このあたりに蹴《け》っとばすもん、ありそうかい？」ＤＪにも、ルイスはたずねた。

「うん、あるよ」ＤＪはにやりとした。

「それ、おれにくれよ。なあ、くれよ」テレンスはうるさく言った。

「くれてやっていいのかねえ」ルイスは思案《しあん》する顔だ。「どう思う、カルヴィン？テレンスにくれてやっていいかなあ？」

「いいと思うよ」カルヴィンはあっさり言った。

「ほら、カルヴィンのやつが、いいって言ってる」テレンス、ちょっと浮《う》かれてる。「ほらあ、早くくれったら」

「まあ、あわてるなって」ルイスは言った。「レスリー、きみはどう思う？　テレンスにくれてやっていいかなあ？」

「ええ、もちろん。テレンスなら、もらって当然《とうぜん》だと思う」レスリーは言った。

「ほらほら、早く、早くったら」テレンスはせっついてきた。

「ジョー、きみは？　テレンスなら、もらって当然《とうぜん》、そう思う？」ルイスはたずねた。

「うん、思う」ジョーも、あっさりうなずいた。

「ジョン、きみは？　どう思う？」

「そりゃあ、テレンスのやつに、ぜひともくれてやらなくちゃ」ジョンも言った。

「おいおい、早くしてくれよ」テレンスはいよいよもってじれてきた。「休み時間が終わっちまう」

「じゃ、スティーヴンに決めてもらおう」ルイスは言った。「スティーヴンの意見にしたがう、そういうことで決着だ」

「くれてやろうよ」スティーヴンも、あっさり言った。

「聞いたろ聞いたろ、ルイスせんせ」テレンスのやつ、じれて、浮《う》かれて、いそがしい。「だから、くれったら、早いとこ」

「よし」と、ルイスはうなずいた。

校庭係のルイスせんせ、テレンスをつまみあげると、キックした。

テレンス、どこへ？
フェンスをこえて、飛《と》んでった。

JOY
27
ジョイ
THE JEWETT FILTER

ジョイはきょう、家におべんとうを忘《わす》れてきた。

お昼休みだ。おなか、ぺこぺこ。どうしよう。ランチのチケットも持ってない。持っていれば、ランチ係のミス・マッシュから、お昼をもらえたのだけど……。ミス・マッシュのつくったお昼なんて、ふつうにおなかがすいてるぐらいじゃ、ちょっと食べる気がしない。おべんとうを入れる茶色い紙の袋《ふくろ》のほうが、よっぽどましな味だろう。だが、ジョイはいま、死にそうに、おなかがすいているのだった。

ダミアンは、おべんとうを、忘れずに持ってきていた。茶色い袋に入っているのは、すてきにおいしい七面鳥《ターキー》のサンドイッチに、チョコレートケーキのでっかいひと切れ、みずみずしい赤いリンゴ。あとは、コップ一杯《ぱい》のミルクがあれば言うことなしだ。ミルクなら、ミス・マッシュのところへ行けばいい。ミス・マッシュときたら、とんでもないもんこさえるけれど、ミルクをまずくはできないからね。コップにつぐだけ、だもんな。

ダミアンは机《つくえ》の上におべんとうを置《お》いたまま、教室を出て、ミルクをもらいに、カフェテリアへならびにいった。

　ジョイはこの機《き》をのがさなかった。電光石火《でんこうせっか》の早業《はやわざ》で、ダミアンのおべんとう袋《ぶくろ》に手をつっこむや、すばやくリンゴを取りだした。おや？　袋のなかにあるあれは、なんとターキー・サンドイッチ！　ジョイはリンゴを袋にもどし、サンドイッチを取りだした。おや？　袋のなかにあるあれは、チョコレートケーキじゃないの。ジョイは、サンドイッチを袋にもどして、かわりにケーキを取りだした。けれども、はたと、考えなおした。そしてケーキを袋にもどすと、ダミアンのおべんとうを、袋ごとひっつかんだ。で、真っ先に、サンドイッチをたいらげた。サンドイッチを入れてあったポリ袋は、ジェイソンの机《つくえ》に置《お》いた。

　つぎに、チョコレートケーキをたいらげた。ケーキの包《つつ》みのパラフィン紙は、アリソンの机に置いた。

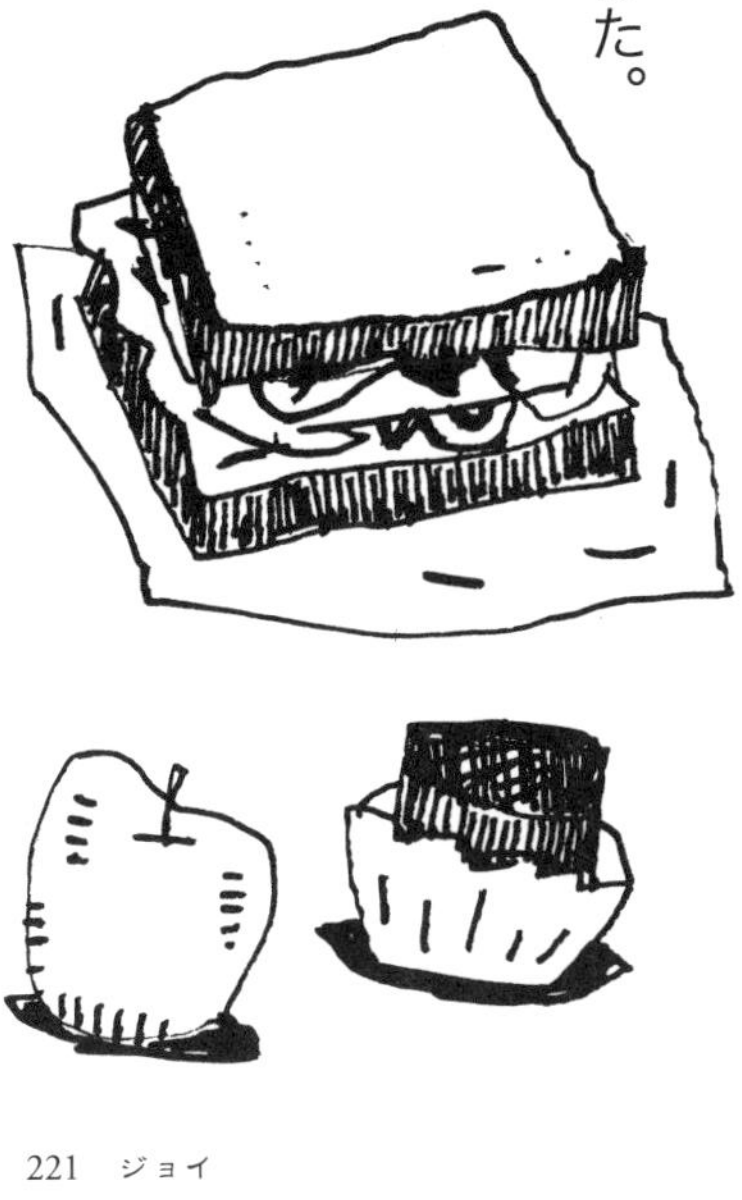

最後《さいご》に、リンゴをたいらげた。りんごの芯《しん》は、ディーディーの机《つくえ》に置《お》いた。からになった茶色い袋《ふくろ》は、カルヴィンの机に置いた。

そこへダミアン、ミルクの入ったコップを持って、もどってきた。もちろん、すぐに気づいたさ。

「ジュールズ先生、ぼくのおべんとうがなくなってます！」

「おべんとうが雲隠《くもがく》れ？　そんなことってあるかしら」ミセス・ジュールズは首をかしげた。

「カルヴィンが取ったんですよ」ジョイが言った。「机に、からの袋があります」

「見つけてくれてありがとう、ジョイ」ミセス・ジュールズは言った。「カルヴィン、先生は、あなたのことを恥《は》ずかしく思いますよ」そしてチョークを手に取ると、〈反省《はんせい》〉の下にカルヴィンの名前を書いた。

「あら、ジェイソンの机の上にポリ袋が！　ダミアンのターキー・サンドが入ってたやつです！」ジョイがまた、でっかい声をはりあげた。

「まあ、見つけてくれてありがとう。すごいわ、ジョイ」ミセス・ジュールズはねぎらった。「でも、ターキー・サンドが入ってたって、どうして知っているのかしら？」

「そりゃあ、勘《かん》がいいもんで」ジョイはしゃらっと言ってのけた。

ミセス・ジュールズは、手にしたチョークで、カルヴィンの名前の下にジェイソンの名前を書いた。

「あらっ、アリソンの机《つくえ》の上にパラフィン紙！　あの、すっごくおいしいチョコレートケーキ、あれにつつんであったんです」またまたジョイが、でっかい声をはりあげた。口のまわりに、チョコをいっぱいくっつけて。

と、アリソンがすっくと立って、先生の目を見つめて言った。きっぱりと。

「あたしはダミアンのケーキを食べたりなんかしてません」

「でも、動かぬ証拠《しょうこ》が、あなたの机にあるでしょう？」ミセス・ジュールズは、聞く耳持たずだ。「ジョイに見つかっちゃったわよ」そして、ジェイソンの名前の下に、アリソンの名前を書いた。いま、黒板には、名前が三つならんでいる。

「あらっ、ダミアンのリンゴの芯《しん》が、ディーディーの机の上にのってます」またまたジョイが、でっかい声をはりあげた。

「よく見つけてくれました」と、ジョイを、もう一度ほめてから、ミセス・ジュールズは、アリソンの名前の下にディーディーの名前を書いた。いま、黒板には、名前が四つならんでいる。

「ねえ、ダミアン」と、ミセス・ジュールズはうながした。「ジョイにありがとうを言ったほうがよくはない？　謎《なぞ》を解《と》いてくれたんですもの」

ちょうどそのとき、校庭係のルイスせんせがやってきた。

「ジョイ、おべんとうだよ。お母さんがとどけてくれた。家に忘《わす》れてったからって」

「まあ、おべんとうを持ってなかったの？」ミセス・ジュールズが声をあげた。「それじゃ、おなかがすいてるでしょう？」

「いいえ」と、ジョイは首をふった。「べつにすいてないみたい。でも、ダミアンは、おべんとうを食べそこなったし、だから、あたしの、あげよっかな」

「ありがとう！」ダミアンは大感激《だいかんげき》だ。「きみって、ほんといい人だね！」

ダミアンは、ジョイのおべんとうを、もらって食べた。かびくさいボローニャソーセージのサンドイッチと、ひからびたニンジンだった。

「ジョイ、えらいわ」ミセス・ジュールズはほめちぎった。「謎《なぞ》を解《と》いてくれたうえに、おべんとうまで人にあげて、ほんとにりっぱ。ごほうびに、ペロペロキャンディをひとつあげます。自分で取ってめしあがれ。先生の机《つくえ》の上のコーヒー缶《かん》に入っているわ」

ジョイは、コーヒー缶から、ペロペロキャンディを一本、取った。で、ミセス・ジュールズがよそをむいているすきに、もう一本、ささっと取った。

カルヴィン、ジェイソン、アリソン、ディーディーは、黒板に名前を書かれた。〈反省《はんせい》〉のワン・ストライクだ。けれども、その日は、それからずっといい子でいたから、午後の二時には、ミセス・ジュールズが黒板消しで消してくれた。

それっきり、おべんとう事件《じけん》のことは、四人とも、忘《わす》れてしまった。

じゃ、ダミアンは？　おいしいおべんとうを食べそこなって、まずいお昼を食べるはめになったよね。でも、どっちを食べても、五分もすれば、どうせおんなじことだった。口のなかに味が残《のこ》ってるわけでなし。どのみちおなかはいっぱいだった。ダミアンは、バスケをして元気に遊んだ。おべんとう事件《じけん》のことは、この子もやっぱり、きれいさっぱり忘《わす》れてしまった。

ジョイはどうだ？　おいしいおべんとうをたいらげて、ペロペロキャンディも二本、なめた。が、なにを食べても食べなくても、五分もすれば、どうせおんなじことだった。口のなかに味が残ってるわけでなし。ま、おなかはいっぱいだったがね。それだって、夕ごはんのころともなれば、やっぱり腹《はら》がへってくる。

ところがだ。ここが肝心《かんじん》。とんでもないことが起きたんだ。ジョイは、ダミアンのおべんとうを盗《ぬす》み食《ぐ》いしてしまったことを、忘れられずにいたんだよ。で、その年はそれからずっと、ターキー・サンドを食べるたんびに、チョコレートケーキをほおばるたんびに、赤いリンゴをかじるたんびに、ペロペロキャンディをなめるたんびに、口のなかに、すんごい味がひろがった。ミス・マッシュのつくる〈どろんこ鍋《なべ》〉と、それはおんなじ味だった。

Nancy
28
ナンシー

ナンシーは、大きな足に大きな手をした男の子だ。自分の名前を嫌《きら》ってる。これって女の子の名前じゃないか、と、ひそかに悩《なや》んでいるんだよ。けど、〈三十階クラス〉の子どもたちは、へんなの、とは、だれも感じていなかった。男の子の名前だとか、女の子の名前だとか、そんなふうには、ぜんぜん思ってないんだよ。ジョンのとなりの、いちばんすみにすわってる、大きな足に大きな手をした静《しず》かな子、その子の名前が〝ナンシー〟ってだけのことなんだ。

そう、ナンシーは、はにかみ屋でね、びっくりするほどおとなしい。自分の名前を恥《は》ずかしがってるもんだから、よけいに小さくなっている。でも、ナンシーにも、仲《なか》よしがいる。ウェイサイド・スクールの〈二十三階クラス〉の子だ。女の子だよ。

ふたりはともだち。それにはちゃんとわけがある。ナンシーはその子の名前を知らずにいる。その子のほうも、こちらの名前を知らずにいる。それが理由さ。おたがい、呼《よ》びかけるときは、「やあ」とか「ねえ」とか「あのさ」とか、それだけ言えばすむからね。

ナンシーは、「なんて名前？」と、その子に訊《き》くのがいやだった。訊けばこんどは、自分の名前を言わなきゃならなくなるかもしれない。あの子はどうして、ぼくの名前を訊かないのかな？　と、思わないでもなかったけれど、いまのまんまが、やっぱりいちばんなのだった。

ある朝のこと——。

ナンシーは学校に遅刻《ちこく》してきた。仲《なか》よしの女の子も遅刻してきて、ふたりいっしょに階段《かいだん》をのぼっていった。で、二十三階にやってきたら、仲よしの子の担任《たんにん》が、教室の外で待ちうけていた。

「急ぎなさい。遅刻よ、マック」先生は言った。

仲よしの子は、真っ赤になって、その場に立ちつくしている。

「ほらほら、マック、早くなさい。ぐずぐずしない！」先生は、またまたせかした。

「きみの名前、マックなんだ！」ナンシーは思わず言った。

マックはとてもかわいい子だ。赤毛で、顔にはそばかすがある。その顔を両手でおおって、マックはいま、教室へかけこんでった。

「ぼくの名前はナンシーだよ！」マックの背中《せなか》に、ナンシーは大きな声で言ってやった。

マックは廊下《ろうか》にもどってきた。「あたし、恥《は》ずかしくって、自分の名前が言えなかったの」

「ぼくもだよ」ナンシーは言った。「ナンシーって、女の子の名前だもんな」

「あら、すてきな名前。わたしは好《す》きよ」

「きみの名前もすてきだよ。マックって、ぼくは好きだな」

「でも、男の子の名前だもの」マックは少しうつむいた。

「母さんに、ナンシーって名前の伯母《おば》さんがいて、その人、お金持ちなんだ」ナンシーは言った。「で、母さんたら、伯母さんの名をぼくにつけちゃったんだよね」

「うちはね、母さんがマックって犬を飼《か》ってたことがあるんですって。それでわたしに犬の名前を……」マックは言って、またうつむいた。

「じゃ、とりかえっこしようか」ナンシーは、ふと思いついて、言ってみた。

「そんなことしていいのかしら？」

「いけないって法《ほう》はない」
「いいわ」マックはうなずいた。
そこでふたりは、その場で
くるくるまわりはじめた。
ひとりは右まわり、
もうひとりは左まわり。
百ぺんまわって、目がまわって、
ふたりともへたりこんだ。
で、立ちあがったら、
ナンシーはマックに、
マックはナンシーに、名前が
入れかわっていた。
ふたりは、またね、と手をふった。
そしてマックは、ミセス・ジュールズ

のクラスへと、階段《かいだん》をかけあがった。恥《は》ずかしい、なんて気持ちは、どこかへ吹《ふ》っ飛《と》んじゃっていた。

「やあ、みんな。ぼくはマック」教室に入るなり、高らかにマックは言った。「名前をとりかえっこしてきたんだ」もとナンシーは、大きな手を、みんなのほうへさしだした。

トッドが席《せき》から飛びあがり、さしだされた手をかたくにぎった。

「やあ、マック。はじめまして」

「よう、マック、調子はどう？」と、ロンも声をかけてきた。

「おっす、マック」と、テレンスだ。

「おはよう、マック」と、べべも言った。

「名前をとりかえっこしたのかよ？」とたずねたのは、おしゃべりジェイソン。

ジェイソンも、自分の名前が気に入らないでいるんだよ。

「そのとおりだよ、ジェイソンくん」マックは胸《むね》をそらした。

「けど、そんなことしていいのかな？」ジェイソンは首をかしげた。

「いけないって法《ほう》はない！」マックは言った。

「ねえ、だれか――。ぼくと名前をとりかえっこしたい人」ジェイソンはクラスのみんなに呼《よ》びかけた。

「おれ、とりかえっこしたい！」テレンスが言った。テレンスも、自分の名前が気に入らないでいるんだよ。

「待ってよ、テレンス」モーレシアだ。「あたしの名前ととりかえっこしてくれない？」モーレシアも、自分の名前が気に入らないでいるんだよ。

「だめだってば。テレンスとは、ぼくがとりかえっこするんだから」ジェイソンが言った。

「なら、モーレシア、ぼくととりかえっこしない？」これは、ダミアン。

「おことわり」と、モーレシア。

「だったら、わたしととりかえっこしましょうよ。ね、ダミアン？」と、申《もう》し出《で》たのは、なんとミセス・ジュールズだった。

「やだやだ。ジュールズ先生には、ぼくがなりたい」スティーヴンが言った。

それでわかった。クラス全員、自分の名前が気に入らないでいるんだよ。それじゃというんで、みんなでくるくるまわりはじめた。右まわりあり、左まわりあり、てんでんばらばら、とにかくまわる。最後《さいご》には、クラス全員、目がまわって、ふらふらとへたりこんだ。そうして、ようやく立ちあがったら、だれがだれやら、名前も顔も、なんだかわけがわからない。

「わあ、どうしよう、ジュールズ先生」レスリーが言った。もとの名前はエリック・ベーコンなんだがね。

「ぼくはジュールズ先生じゃない。モーレシアだ」と返したのは、テレンスになった、もとジェイソン。

「ちがわい、ぼくがモーレシアだ」これはディーディー。もとは、ジョー。

「なに言ってんのよ、ふたりとも。あたしはジュールズ先生ととりかえっこしたんだからね」と、もとモーレシアのミセス・ジュールズ。

こんなさわぎが、一時間もつづいたろうか。そうしてようやく、もとロンディがどの子か、わかってきた。前歯が二本、欠《か》けてるからね。ひとりわかるともうひとり、もとアリソンもわかってきた。DJ《ディージェー》、それからダミアンも、ほんとはどの子かわかってきた。ミセス・ジュールズも、この人だ、とわかってきた。ひとりだけ、おとなだもんな。

最後《さいご》には、二十七人全員が、ほんとはだれだか、わかってきた。三人のエリックだけは、どの子がどの子か、見わけるのにえらくごたごたしたけどね。じつはいまだに、「取りちがえているのかも……」と、みんな怪《あや》しい気分でいる。

それはともかく、やっぱり自分の名前でいよう、そういうことになったのだった。好《す》きになれない名前でも、そのまんまにしといたほうが、ややこしくなくてすむからだ。

が、マックとナンシー、このふたりは、とりかえっこした新しい名でやってくつもりでいるらしい。もっとも、いまでも、おたがい名前じゃ呼《よ》びあわない。「やあ」とか「ねえ」とか「あのさ」とか、それだけ言ってすませてる。

PURE ALUMINUM
S.TEPHEN.
スティーヴン……
29

スティーヴンの髪《かみ》は緑色だ。耳はむらさき、顔は青。はいているのは妹からの借《か》り物《もの》で、レオタードに、ピンクのダンスシューズだった。レオタードは、髪とおんなじ緑色。きょうは、ミセス・ジュールズが、ハロウィーン・パーティーをひらく日なのだ。

ハロウィーンのお祭りではね、子どもたちが、「お菓子《かし》をくれなきゃいたずらするよ」と言いながら、近所の家をまわり歩いて、お菓子をいっぱいもらえることになっている。それと、もひとつ、魔女《まじょ》やおばけに、みんな、変装《へんそう》するんだよ。だから、きょうも、なにかに化《ば》けてこなくちゃならない。スティーヴンは、小鬼《ゴブリン》に化けてきたのだった。

ところがあいにく、日をまちがえてしまったようだ。

「ハ、ハ、ハ。ばっかみたい」おしゃべりジェイソンにからかわれた。ジェイソンは、スティーヴンがいちばん仲《なか》よくしてる子だ。

「ばかはおまえだ」スティーヴンは言いかえした。

「ぼけてんじゃない？」ジェニーにも言われてしまった。「ハロウィーンは日曜日よ。十月三十一日なの。きょうはまだ金曜日でしょ？」

「ぼけはそっちだ」スティーヴンは言いかえした。「へ、へ、へ。じゃ、日曜日に学校に来りゃいいじゃないか。ジュールズ先生は、きょうパーティーをしますって言ったんだ」

だが、ほかの子みんな、ふだんのとおりのかっこうだ。化《ば》けてきたのは、スティーヴンひとりだった。

「では、みなさん」ミセス・ジュールズが言った。「ハロウィーン・パーティーをはじめます」

「ほうら、見ろ」スティーヴンはジェイソンたちに言ってやった。

ミセス・ジュールズは、ひとり一枚《まい》、クッキーをくばっていった。オレンジ色の魔女《まじょ》の形のクッキーだ。黒い帽子《ぼうし》をかぶっている。ところが、先生、スティーヴンのかっこうを見てぷっと吹《ふ》きだし、なにをうっかりしたんだか、クッキーをくれないまんま行ってしまった。

先生、クッキーください、とは、スティーヴンには言えなかった。また笑《わら》われそうな気がしたから。

みんな、もらったクッキーをたいらげるのに、三十秒とかからなかった。

「はい、みなさん」と、ミセス・ジュールズ。「これでパーティーはおしまいです。きょうは、勉強することが山のようにありますよ」

スティーヴンは、ひどくまぬけな気分だった。ハロウィーン・パーティーは、一分もしないうちに、おひらきになってしまった。これから授業《じゅぎょう》が終わるまで、このへんてこりんな、小鬼《ゴブリン》のかっこうでいなくちゃなんない。

「やーね、スティーヴンたら、妹のレオタードなんかはいちゃって」デイナが笑《わら》った。

「それも緑。髪《かみ》の色とおそろいだ」と言ったのは、〈でぶちん〉のエリック・ベーコン。

みんな、どっと笑った。

算数の授業がはじまった。ミセス・ジュールズは、黒板に、足し算の式を書いていった。

〈2+2=5〉

「それ、ちがってます!」ジョイがさけんだ。

ミセス・ジュールズは書きなおした。

〈2+2=3〉

これもちがった。ミセス・ジュールズは、チョークを手に、二と二をもう一度、足してみた。こんどは、四十三になった。なんどやってもむだだった。どんなに気合いを入れたって、黒板に書いた答えは、けっして四になってくれない。

「いったいどういうことかしら」ミセス・ジュールズは眉根《まゆね》をよせた。「二と二を足したら、いつでも四になったのに」

と、先生、いきなり悲鳴をあげた。手にしたチョークが、のたくる虫に化《ば》けたのだ。ぱっと放《はな》したら、虫のやつは足の上に落っこちた。

そのときだ。教室の明かりがすっかり消えて、闇《やみ》のなか、黒板だけが銀色《しろがねいろ》にかがやいた。まるで、映画《えいが》のスクリーン。

その銀幕《ぎんまく》に、女がひとり、浮《う》かびあがった。べろが長くて、耳がつんとおっ立っている。女は教室のなかへ抜《ぬ》けでてきた。

ミセス・ゴーフのおばけだった。ミセス・ゴーフは、黒板に爪《つめ》を立てると、ななめに長くひっかいた。そして、言った。

「お菓子《かし》をくれなきゃいたずらするよ、ガキどもめが。ひとり残《のこ》らず仕返ししてやる。トッドはどこだ」

「だれ、この人」ミセス・ジュールズが、だれにともなくたずねた。

「ミセス・ゴーフです」ダミアンが答えた。

「ミセス・ゴーフ?」

「受け持ってもらったなかで、いっちばんヤな先生でした」ロンディが言った。

「その先生、どうしちゃったの?」

「ルイスせんせが食べちゃったんです」ジェイソンが答えた。

「こんなまねは許《ゆる》しません」ミセス・ジュールズは、おばけにむかって強く言った。「わたしのクラスから出ていきなさい!」

「だってねえ、ハロウィーンなんだよ、甘《あま》ちゃん先生」ミセス・ゴーフのおばけは言った。「ゆうれいはどこへだって、行きたいとこへ行けるんだ。きょうはちょいと同窓会《どうそうかい》に顔出そうかと思ってね」

「きょうはハロウィーンではありません」ミセス・ジュールズは言いかえした。「ハロウィーンには、まだ二日あります」

「そんなこたあ、わかってるよ。だけど、今年のハロウィーンは日曜日に重なるからね。そういうときは、学校で早めに祝《いわ》うもんなんだよ、金曜日に」

「ほら!」スティーヴンは飛《と》びあがった。「ぼくの言ったとおりでしょ? 金曜日のきょう、早めにお祝いするんだよ。いま、ゴーフ先生もそう言っただろ?」

スティーヴンはおばけのところへかけよった。

「ゴーフ先生、みんなでぼくを笑《わら》ったの。ぼくだけこんなかっこしてきて、笑われちゃって、すっごくまぬけな気分になった。でも、まちがってたのはみんなのほうだ。正しいのは、ゴーフ先生とぼくだよね」

スティーヴンは、ミセス・ゴーフに抱《だ》きついた。

ぎゅううう。

と、ミセス・ゴーフはひっとさけんで、あっという間に、かき消えた。

教室の明かりがついた。

ミセス・ジュールズは床《ゆか》のチョークを拾いあげると、黒板で、もう一度、足し算をした。

〈2＋2＝4〉

「これでよしと。二と二を足して答えが四にならないときは、なにが起こるかわからない」

スティーヴンは、いまやクラスの英雄《えいゆう》だ。ついさっきまで笑《わら》いものにしてくれた子が、口をそろえてもてはやす。ただ、「へんてこりんなそのかっこう、早くなんとかしてこいよ」とも言うのだった。

というわけで、スティーヴンは、お昼休みに家にもどって、顔を洗《あら》った。服も着替《きが》えた。ブルージーンズとポロシャツに。そして、も一度、学校へ。もちろん、髪《かみ》は緑のままだ。生まれたときからこの色なんだ。

LOUIS
30
ルイス
HENRY'S COMMENTARY VOL I F.H. REVELL
HENRY'S COMMENTARY VOL II F.H. REVELL
HENRY'S COMMENTARY VOL III F.H. REVELL
HENRY'S COMMENTARY VOL IV F.H. REVELL
HENRY'S COMMENTARY VOL V F.H. REVELL
HENRY'S COMMENTARY VOL VI F.H. REVELL
SOLID BACK

もうおなじみのルイスだよ。ウェイサイド・スクールの、校庭係の先生だ。赤ら顔で、鼻の下にはひげがある。いろんな色のまじりあったひげなんだ。校庭係の仕事はね、子どもたちが、休み時間や昼休みに、あんまりはしゃぎすぎないよう、しっかり監督《かんとく》することだ。

気づいているとは思うけど、このお話を聞かせているのは、じつはルイス、ぼくなんだ。

その年の六月十日は、すごい吹雪《ふぶき》になってね。子どもたちがはしゃぎすぎたら、たいへんだ。で、おもてには出ないようにと、先に〝おふれ〟を出しといた。

さて、おなじみ〈三十階クラス〉――。

「みなさん」と、ミセス・ジュールズが言った。「きょうは、お昼を食べたら、教室にもどってらっしゃい。おもてに出てはいけません」

子どもたちは、十五階のカフェテリアへ、ぞろぞろと降《お》りていった。ミス・マッシュのこさえたきょうのお昼は、〈びっくりツナ〉。ひと目見るなり、教室へ、みんな急いでもどってきた。

でも、することがなんにもなくて、ひまなんだ。

「みなさん」ミセス・ジュールズが笑顔《えがお》で言った。「たいくつしちゃっているのよね？　わかってますよ。で、きょうのお昼はとくべつに、〈あら、びっくり〉を用意しました」

「〈びっくりツナ〉よりましだといいな」モーレシアがつぶやいた。

「もうすぐ、ルイスせんせが来てくれます」ミセス・ジュールズは、つづけて言った。「楽しいお話を聞かせてくださるそうですよ。おぎょうぎよくして、みんなで静《しず》かに聞くように」

そこへルイスがやってきた。いっせいに、やじが飛《と》んだ。

「ルイスせんせ、お話、聞かせてくれるんだって？」べべが言った。

「そうだよ」と、ルイスは答えた。

「へんなお話、しないでね」先まわりして、べべは言った。

「〈びっくりツナ〉よりましでなくっちゃヤだからね」と言ったのは、〈落球王《らっきゅうおう》〉のエリック・フライだ。

「〈びっくりツナ〉か。なかなかうまいと思ったけどな」ルイスは言った。

「ルイスせんせは、ケチャップをドバッとかければ、泥《どろ》んこだって食っちゃいそう」とからかったのは、もとナンシーのマックだ。

「おい、みんな、静《しず》かにしろよ」トッドが言った。「お話、聞かせてもらおうよ」

「ルイスせんせ、声は小さめにお願《ねが》いね」シャーリーが言った。「あたし、お昼寝《ひるね》したいから」

ルイスは、教室のどまんなかに腰《こし》をおろした。それをかこんで、子どもたちが集まってくる。

お話の、はじまりはじまり。

「これは、ある学校のお話なんだ。うちの学校とよく似《に》た学校なんだけど、はじめに、ひとつことわっておく。きみたちが混乱《こんらん》するといけないからね。これから話す学校は、すべての

クラスがおなじ階にあるんだよ」

「どの階に？　十八階？」ジェニーがたずねた。

「いや、ちがう」ルイスは首を横にふった。「一階だよ。この学校は、平屋建《ひらやだ》てにできている。一階しかないってことだ」

「一階しかない学校？　そんなのあり？」ダミアンが笑《わら》った。

「もしかしたら――」ルイスはつづけた。「この学校の子どもたちを、へんちくりんなやつらだなあ、と、きみらは思うかもしれない。実際《じっさい》、へんちくりんかもな。けど、その子たちにきみらのことをちょっと話して聞かせたら、へんてこりんなやつらだねって言ってたよ」

「ぼくらのことを？」

「あたしたちのことを？」

いっせいに声があがった。

「どこがへんてこりんなのよ？」

「ぼくはふつうさ」スティーヴンが言った。「そうだろ？」

「おれと変《か》わんないぐらいふつうだよ」ジョーが太鼓判《たいこばん》を押《お》してやった。

「その学校の子どもたちって、どうかしちゃってるんじゃない？」レスリーが言った。

「アッタマ、お子さまランチなのよ」モーレシアが力をこめた。

「早くその子たちのお話してよ、ルイスせんせ」べべがせがんだ。

「まず」と、ルイスは話しはじめた。「この学校の子はだれひとり、小さなリンゴに変《か》えられちゃったことはない」

「そんなの、へんよ」ディーディーが言った。「だれでも一度は、リンゴに変えられちゃうものよ。そうやっておとなになっていくんだから」

「それに――」と、ルイスはつづけて言った。「死んだネズミがレインコートをいっぱい着こんで、教室に入りこんできたりもしない」

「じゃ、なに着てくるの？　タキシード？」トッドがちゃかした。

「足の指を売ろうだなんて、女の子たちは夢《ゆめ》にも思っちゃいないしな」

「そりゃそうよ」レスリーが言った。「きょうびの安値《やすね》じゃ、売る気になんてなれないもん」

「まだあるぞ」ルイスはつづけた。「この学校の子どもたちは、名前をとっかえたりしない。文字をさかさに読んだりしない。蚊《か》に食われた跡《あと》を数字に変《か》える、これもちょっとできないな。自分の頭に髪《かみ》が何本、生《は》えてるか、数えるなんてこともしない。教室の壁《かべ》がゲタゲタ笑《わら》うこともない。二と二を足したら、答えはいつでも四になる」

「なんだよそれ。ぞっとしちゃうよ」ダミアンが言った。

「もっとぞっとすることに――」ルイスはつづけた。「この学校の子どもたちは、〈モーレシア風味〉のアイスクリームを食べたことがないんだよ」

教室は、しんと静《しず》まりかえった。

「ジュールズ先生、あたし、こわくなってきた」アリソンが言った。「そんな学校が、ほんとうにあるんですか？」

「あるわけないわ」ミセス・ジュールズはきっぱり言った。「ルイスせんせは、い、い、い、ものがたりを聞かせてくださってるだけよ」

「へんちくりんな、いい話」レスリーが言った。

「くっだらない」と吐《は》き捨《す》てたのは、そう、キャシー。

「楽しくなっちゃう」ロンディが、にっこり。前歯が二本、欠《か》けている。「だって、けったいなんだもん」

「ねえ、ルイス」ミセス・ジュールズが、まじめくさった顔で言った。「とってもゆかいなお話だけど、この教室でおとぎ話はちょっとねえ。子どもたちには、い、い、い、ほんとのことを教えてやりたい――わたしとしては、その一心で、いつもがんばってるのよね」

「それでけっこう」ルイスは言った。「それじゃと、下へ降《お》りるかな。〈二十九階クラス〉でも、ひとつ、話をしてこなくっちゃ」

そしてルイスは、よっこらしょっと腰《こし》をあげ、ドアのほうへ行きかけた。

「みなさん」ミセス・ジュールズが急いで言った。「ルイスせんせに、すてきなお話ありがとうって、さあさあ、お礼を言いましょう」

いっせいに、やじの嵐《あらし》が吹《ふ》き荒《あ》れた。

to be continued...

つづく

ルイス・サッカー（Louis Sachar）

1954年アメリカ、ニューヨーク生まれ。9歳からカリフォルニアでそだつ。カリフォルニア大学在学中に、近くのヒルサイド小学校で2、3年生の授業を手伝った経験がもとになり、子どもの本を書くようになる。『穴』（講談社）で全米図書賞、ニューベリー賞ほか多くの賞を受賞。著書に『道』『歩く』（講談社）『どうしてぼくをいじめるの？』（文研出版）など。

ニューヨークにいたころ、父さんがエンパイア・ステート・ビルの78階ではたらいていたんだ。もしかしてそれがウェイサイド・スクールがうまれるきっかけになったのかもしれないな。

へんてこ組のなかまたちと、ン十年前めぐりあっていたならば、「ふつう」のわたしもウルトラゆかいな小学生になれたかも。第二巻で大変身する、すみっこナンシー（改めマック）に、ご期待ください！

野の水生（のの みお）

おもな訳書に、『その歌声は天にあふれる』（ガヴィン作 徳間書店）『セシルの魔法の友だち』（ギャリコ作 福音館書店）『オークとなかまたち』（メイビー作 ロバーツ絵 講談社）『永遠に生きるために』（ニコルズ作 偕成社）『余波』（ロビンスン作 講談社文庫）など。幸田敦子名義の訳書に、『穴』『道』（サッカー作 講談社）『千尋の闇』（ゴダード作 創元推理文庫）など。

きたむらさとし

1956年東京生まれ。1979年イギリスに渡り、絵本を作り、また詩集の絵も数多く手がける。『ぼくはおこった』（ハーウィン・オラム作 評論社）の絵でマザーグース賞、絵本にっぽん賞特別賞受賞。「ぞうのエルマー」シリーズ（マッキー作 ＢＬ出版）では翻訳を担当。著書に『ねむれないひつじのよる』（小峰書店）『ミリーのすてきなぼうし』（ＢＬ出版）など。

一見おおげさに見えるけれど、この本に描かれている子どもたちはとてもリアルだ。そう、こんなだったよね、とイラストを描きながら改めて自分の小学生時代を思い出していました。

ウェイサイド・スクールは きょうもへんてこ

ルイス・サッカー 作
野の水生 訳　きたむらさとし 絵

2010年4月　1刷　2020年5月　4刷

発行者　今村正樹
発行所　株式会社偕成社
162-8450 東京都新宿区市谷砂土原町 3-5
電話 03-3260-3221（販売）　03-3260-3229（編集）
http://www.kaiseisha.co.jp/
印刷所　大日本印刷株式会社
製本所　株式会社常川製本

21cm 254p. NDC933 ISBN978-4-03-631570-3
Published by KAISEI-SHA. Printed in Japan.

本のご注文は電話・ファックスまたはＥメールでお受けしています。
Tel : 03-3260-3221　Fax : 03-3260-3222　e-mail : sales@kaiseisha.co.jp